夜会服

三島由紀夫

角川文庫
15949

目次

1

秋の馬術競技会は、帝国乗馬クラブでは大切な行事で、馬のお好きな宮様方もお出《い》でになり、馬場馬術の粋が展開される。ピルエット、パッサージュ、ピアッフェなどの高等馬術も披露されるが、これはもちろんオリンピックのフィギュア馬術の種目に入っている。ほかに、今の日本ではそれのできる人が何人といない横鞍《よこぐら》の妙技を、滝川夫人が見せることになっていた。

稲垣絢子《あやこ》は、まだ新入会員なので、とても出場させてもらうところまでは行っていないが、接待係を仰せつかって、来賓を受付から席まで案内する役を受け持っていた。

その日の天気が心配されていたが、すばらしい秋晴れで、その青空に紅白の幕がよくうつり、風にあおられて幕が顔をおおうと、そのさわやかな木綿の匂いが、小学校のころの運動会を思い出させた。

その小学校の運動会については問題があった。近所の小学校でひらかれる運動会の日と、この馬術競技会の日がかち合ったのはいいとして、向うでは花火を朝から沢山打上げることになっていた。馬がおどろいては大変である。

この情報をきいたクラブの事務総長は、早速、小学校を訪ねて校長に会いに行った。

校長ははじめこの申し出に、渋い顔を見せた。

「有閑階級のお遊びの会と、子供の健全な運動会と、どっちが大切とお考えなのですか。そんなことでは困りますね。子供の生涯の記憶にのこる大事な運動会に、景気よく花火の音をきかせてやろうというのに、そういうことを仰言《おっしゃ》るのでは」

「いや、もちろん運動会をとやこう申し上げてるのではありません。ただ花火の音が……」

「ですから、花火の音が教育上大切だとわれわれは考えるわけですよ」

これは全くの水掛け論だったが、ついに事務総長が、競技会へお出でになる宮家のお名前を二三挙げると、校長の態度が変った。それも急に変ったのではなく、いかにも、それが理由で屈服したのではない、という様子を装って、徐々に軟化したのである。

「宮様の前で、馬が花火におどろいて暴走しては、そりゃあお困りでしょう。もっとも、それは本来こちらの関知するところではないわけの問題ではあるが……」

と校長が言い出したとき、事務総長は自分の勝利を知った。しかし、当日の朝になっても、校長が約束を破りはしないかと心配で、彼は事務員の一人を、小学校の運動会へ監視役のスパイとして潜入させていた。

そういう心配はすっかり自分一人の胸に畳んで、事務総長は、当日の早朝からにこにこと、接待係の参集を待った。接待責任者は或《あ》る参議院議員が気軽に引受け、固苦しく云えば、絢子たちはその指揮下に入るのであった。

そもそも絢子が馬をはじめるについて、このクラブの会員になったのは、戦前から由緒の正しいクラブで、会員を厳選して入れるからであった。ほかの乗馬クラブはみんな、入会金を払えば誰でも入れる仕組になっているが、ここだけはちがう。

絢子の家は、ヌーヴォー・リシュ（成金）というのではないが、とにかく戦後に大いに興った実業家で、稲垣薬品といえば胃腸薬の「イリヤ」だの感冒薬の「ホット」だので有名で、「ぞっと寒気にホットのききめ」というテレビのコマーシャル・ソングは、子供でもみんな知っている。

父は創業の人で、すばらしい俊敏な事業家だったが、唯一つの欠点と云ったら、「上流社会へのあこがれ」、いわゆるスノビズムを持っていることだったろう。

それというのも、祖父が戦前ある財閥の家の会計係を一生つとめていて、それなりに小さな財産もこしらえたが、しじゅう鼻先にちらついている上流社会の生活に対して、生涯地味な使用人としての地位に甘んじた無念が、父に伝わったのかもしれない。祖父の思い出話に必ずまつわる卑屈な憧《あこが》れが、絢子は子供心にもいやだった。その祖父も今はこの世にない。

そんなわけで、父が絢子にすすめたのは、茶道でもなければ舞踊でもない、馬術というお稽古事《けいこごと》だった。父には女が馬に乗ることこそ、もっとも貴族的な生活のしると思われたのであろう。

そして今では、父もそういうエクスクルシヴなクラブへ娘を入れるのに、何のひけ目も感じない高い地位にいたし、一方、クラブの中身も、上流を気取りながら、結局、金のあまりない昔からの上流と、金のありあまっている新興階級との玉石混淆《こんこう》になっている点で、今の学習院とよく似ていた。

絢子は、しかし、父の言いなりになって馬をはじめたわけではない。

馬をはじめたい気持は絢子の中にあり、それは、あの力づよい優雅に充ちた動物を、思うままに馭《ぎょ》してゆくことができたら、どんなにすてきだろう、という夢であった。それに、第一の魅力は、女をキリッと見せると共に一そう女らしく見せる、あの乗馬服というもののふしぎな魅力だった。

2

「絢子さん、まあ、ずいぶん早いのね。えらいわねえ。よくおつとめになるのね」

滝川夫人は、いつも快晴のお天気のような声でそう言うと、絢子の胸の、接待係と書いた緑いろのリボンへ手をのばしていじくった。

夫人はどういうものか数ある婦人会員のなかで、絢子だけを、姓ではなく、名で呼ぶのだった。それほど絢子は夫人のおひいきだったから、何にでも人の持ち物に無遠慮にさわるくせのある夫人が、絢子の胸のリボンをいじくるのも許しておかなければならなかった。

夫人はこのごろ肥《ふと》って困るとこぼしていたけれども、さすが永年鍛えた体だけあって、その肥り方にも節度があり、幾分輪郭が丸くなったという感じがするくらいである。

夫人は今日、あとで着かえる裾《すそ》の長いドレスを引立たせるために、黒いスーツの地味な装いで、もちろん乗馬靴も穿《は》いていなかった。

滝川夫人はこのクラブでは、ややえこひいきの癖はあったけれども、その明るい陽気な性格のために愛され、馬術の技倆《ぎりょう》と家柄のために尊敬されていた。

彼女は典型的なメリイ・ウイドウで、未亡人といういじめじめした呼名ほど、彼女に似合わぬものはなかった。良人《おっと》は各国大使を歴任し、英国大使を最後に帰国すると間もなく亡くなったのであるが、ふつうの場合、外交官ほどツブシの利かぬ職業は稀《まれ》であって、まして未亡人の生活はこの上もなく質素な地味なものになる筈《はず》であった。

ところが滝川夫人の場合はちがっていた。彼女は生涯を通じて、良人の俸給なんかを当てにして生活したことがなかったから、良人が死んだほうが、それだけ生活にゆとりができるわけなのである。

「外交官なんて、月給で暮らすつもりでやる仕事じゃないわ。みんな持ち出しですよ。それでお国の体面が保てるのよ」

といつも夫人は言うのだが、彼女が言うと、その生活を実践して来た人の重味がある。

かなりの早婚で、良人が官補時代に結婚したのであるが、この官補夫人が持っている宝石の数は、大使夫人よりも多かった。

実家の父の正木男爵は、むかしのM財閥の大番頭で、大蔵大臣をつとめたこともあり、戦争前はたびたび過激派の暗殺リストに載っていながら、情報を買って生きのびて、長寿を全うした人だった。男爵は娘を愛すること限りなく、一生彼女に贅《ぜい》沢《たく》をさせてやるだけの財産を、いろんな形でのこして行ってくれたので、今でも彼女は、現役の大使夫人の格式を堂々と保っていた。

それでも夫人は、気さくで、気取らず、全然おちょぼ口のところがなかった。思いやりがあって、やさしく、馬丁たちにも評判がよい。参議院議員にも馬丁にも同じ口の利き方をすると云って、彼女を非難する人もあるが、そんな非難をする人こそ保守反動というものであろう。

その滝川夫人が、どういうものか新入りの絢子には、殊に目をかけて、はじめて速歩《はやあし》をやらされている絢子を、馬場の柵《さく》の外から見ていて、あとで親切にコツを教えてくれた。

「ありがとうございます」

と絢子は丁寧にお礼を言った。

運動の先輩の忠告は、小うるさい場合が多いものだけれど、夫人の教え方は、愉快で、ザックバランで気持がよかった。

「あなた素質がおありになるわ。拝見していてすぐわかるわよ」

と夫人は、この丁寧なお礼の言葉に気をよくして、ちょっとお世辞を言った。絢子にはこのクラブへ入ってはじめて大先輩から言われたお世辞が、悪い気がしなかった。

それから二三度会ううちに、親しい口をきくようになり、夫人も彼女を「絢子さん」と呼びはじめたのである。

3

――今朝の滝川夫人は、妙技を見せる競技会の朝の昂奮《こうふん》のためばかりでなく、たしかに一オクターヴほど高い調子だった。

彼女の目の下の皺《しわ》までが、うきうきした喜びに深まって、目には夢みるような色が泛《うか》んでいた。

彼女は乗馬服にキュロットに長靴《ちょうか》姿の絢子をつらつら眺め、胸のリボンから指を離すと、今度は白地のスカーフにさわって、

「いい柄ね。ランヴァン？」

ときいた。

「ええ」

「いい御趣味だわ。このごろの若い方にめずらしいのね」

と夫人は言った。

絢子は、素直な、人のいうことをまっすぐに受けとる、善良な性質を持っていた。

こういう絢子の性格は、俊敏な事業家である父よりも、むしろ家庭的でおっとりした母親の遺伝だったかもしれない。母は父の背に隠れるように生きてきた女で、与えられるものを素直に受けとるだけで、自分から何も求めようとしない人である。もちろん若い絢子が母そのままの性質であるわけはないけれども、彼女の奥底にそういう性質が流れていることは否めなかった。それは絢子の清い地下水のようなもので、見る人の目にはそれが見え、きく人の耳にはそのかすかなせせらぎの音がきこえるらしい。絢子自身がそれにはっきり気がついていないにしても、彼女が誰にも好かれるのは、その人好きのする愛らしい顔立ちのためばかりではなかった。彼女の顔立ちには、いくら近代的なお化粧をしても、ある和やかさ、ふくよかさというものが漂っていた。決して肥《ふと》り肉《じし》というのではないのにそういう印象を与えるのは、何か内面的なものが漂い出ているからにちがいない。

学校では人並に級友と軽口も投げ合い、人の悪口も言い合ったし、偽善的なところは少しもなかったが、ただ絢子には、根本的にどす黒い悪意が欠けていた。お人よしでも、人にだまされる環境にいなければ、そんなに憂き目を見ることもない。絢子には父も祖父も持たなかった一種の気品が備わっていたのである。

友達が、たとえば或《あ》る歌手に夢中になっていて、

「Sってイカスと思わない?」

などと言うと、

「そうね」

と絢子はものやわらかに応ずる。よくきいてみると、絢子はその歌手の歌をきいたことがない。そこで友達は、好加減《いいかげん》だ、と憤慨するが、絢子には目先のものに情熱を燃やしたり、その感情を誇張したりする性向がないだけのことで、決して無感動なのではなかった。

色彩の趣味はきわめてよく、洋服の好みは群を抜いていたが、何か一人の画家に熱狂したり、自分で画を描いてみよう、などという気を起すこともなかった。彼女の洋服の好みがよくなるのも、もとはといえば、彼女の服装が、肉体の欠点を隠すための不自由な目的をみじんも持たず、けばけばしさも、誇張も、必要とされていないからだった。

絢子にはパリ・モードの不健全なデカダンなモデルの着る洋服など必要でなく、アメリカの通信販売のカタログにある、ハイ・ティーンむきの洋服がピッタリ体に合って、ぶらさがりなら何でも合ってしまった。そういう平凡な洋服の着こなしが、実は一等むずかしいのだが、彼女がカタログの中の一着を着ると、健康な体が活《い》かされて、忽《たちま》ち身のまわりに、たとえばアメリカの小さな地方都市の、緑の濃い並木路と、その木洩《こ》れ陽《び》と、ペンキの塗り立ての清潔な白い家並が浮かぶのだった。

しかも絢子は、日に灼《や》けにくい白いきめのこまかい肌を持っていた。首のつき具合が、決して猫背にならず、少し反らすようについていて、そこから胸へと下りてゆく線が、自然で、なだらかで、美しかった。胸も決して下品なほど豊かではなく、ただ全身の印象が、下へ下へと垂れてゆくような感じではなくて、目に見えぬピアノ線で、上方へすっと吊《つ》られているような感じがあって、これが馬上の姿を、まだ下手なりに、いかにも見伊達《みだて》のあるものにしていた。

滝川夫人のほめたのも、この姿勢のよさだったかもしれない。

4

さて、一オクターヴほど高い調子の滝川夫人が、何に浮れているのか、絢子はわからなかったが、夫人はいかにも秘密の話をするように、絢子を紅白の幕のかげへ連れて行くと、

「ねえ、今日は息子が見に来てくれるのよ」

と誇らしげに言った。

そして絢子の返事も待たずに、

「俊《とし》は、本当に我儘《わがまま》で、見に来てくれ、と言ったって素直に来るような子じゃない

の。折角のお休みの日曜を、おふくろのためにつぶすなんて、フン、という調子なの。それはわからないでもありませんけれどね。とにかくあの子は、我儘で、勝手放題で、辛辣《しんらつ》で、意地悪で、まあ、いわば若いライオンなのよ。（しかし、この「若いライオン」という比喩《ひゆ》は、他人に自分の息子のことを話すにしては、少し美しすぎる比喩だと絢子には思われた。）それが、どういう風の吹きまわしか、今日見に来ると言い出したのよ。あの子は運動と言ったらテニスばっかりで、馬なんか、自分で走りたがらない怠け者のやることだ、って軽蔑《けいべつ》しきっているんですものね。でも、まあいいわ、来るんだから。扱いにくいお客だけれど、ほっといて下さればいいのよ。何も特別扱いをしていただくことはないの」

これはいかにも「特別扱いをしてくれ」と言わんばかりの調子だった。

「どこのお席かしら」

と絢子はきいた。

「はの十六」

と夫人は即座に答えた。

「いいお席ね」

「私と並んでとってあるの。私の出場のときは私の席の、はの十七が空くわけだから、あなたにその席で見ていただきたいわ。どうせのことなら、いい席で見ていただいたほうが、少しは見映えがするかもしれないから」

「おそれ入ります。そうさせていただくわ」

と絢子は言葉すくなに礼を言った。夫人の意図はわからないが、こちらから何かを言えば「若いライオン」に対する好奇心ととられることが心外だったからである。

まだお客たちの入場の時間には間《ま》があった。そこで滝川夫人は、紅白の幕のかげで、ひそひそ話をつづけるつもりらしかった。

「あの子は運動神経もあるし、本当にスポーツに打込んだら、オリンピックに出られるくらいになれたと思うんだけれど、どういうものか根気が足りないのよ。でも努力家は努力家で、語学もよくやってるし、何でも知らないことはないみたいだわ。あの子があんまり何でも知ってるんで、私、時々こわくなるの。それに健康そのものので、病気一つしたことがないけれど、体を無理して使うことは決してしないのよ。どうしてあんなにバランスのとれた性格の子が、あんなに我儘で、怒りっぽいのかよくわからないの。そりゃひどい我儘で強情だわ。子供のときにも、父親が自動車の玩具《おもちゃ》を買ってくれると約束して、買ってくれなかったというので、怒って、父親の書斎の大事なセーヴルの花瓶を、床へはたき落として割ってしまったことがあるくらいなの。私本当にあの子には苦労して来たわ。そうかと云って、別に女道楽なんかで親を困らせたことは一度もないんですけれどね。要するに母親はハラハラして、しじゅう御機嫌をとっているだけなのよ」

　こんなに詳細な息子の話は、一体何の目的なのかさっぱりわからなかった。夫人は今まで息子の話をしたことなんか一度もなかったのである。それに話の内容は、人物紹介としてはいかにも異様で、少なくとも未知の人物に好感を抱かせるようなものではない。

　ききようによっては、絢子がその青年に興味を抱かぬように、予《あらかじ》め水をさしているという調子にもとれるのだが、絢子は、そういう風に物事の裏を見る性質《たち》ではなかったから、素直に、めずらしい動物の話をでもきくようにきいていた。

　話しおわると、夫人は満足したように微笑をうかべたが、その微笑は、絢子に向けられたものかどうかわからなかった。咄嗟《とっさ》に夫人は、

「ごきげんよう」

と新しい客へ手をさしのべていたからである。それは夫人の旧友らしい、白髪のまじったハイカラな老夫人だった。

　こんなふうに、滝川夫人の上に次々と現われては消える表情は、一体誰に向けられたものか、占うのに困難なことがあった。

　それはいわば、二重の微笑なのだ。絢子には「よく話をきいて下さってありがとう」という名残の微笑であり、しかし目はもう遠くへ行っていて、「よくいらっし

ゃいました」という歓迎の微笑も、その一つの微笑で間に合せているとしか思えない。

笑うとき、夫人の口もとには、義歯かと疑われる丈夫そうな美しく整った歯列が白くかがやいた。

「こちら接待係をやって下さっている稲垣絢子さん」

と夫人が紹介した。

「御案内いたしましょう」

と絢子は切符を受けとって先に立った。彼女は、劇場などとはちがって、客も主人側も同じ階級に属するこういう競技会の、明らかに主人側であることを示す接待係の胸の緑いろのリボンが少しばかり得意だった。そして自分が、ほかの誰よりも優雅な接待係であることに自信を持った。

5

客は次第に集まり、開始の十時ちょっと前には宮家も到着された。

馬場のまわりに座席の階段が組まれ、貴賓席の天幕《テント》も張られ、馬場はきれいに清掃されているので、時々風に乗ってかすかに鼻を打ってくる厩舎《きゅうしゃ》の匂いも、清潔感を失わせるほどではなかった。厩舎ではきのう大規模な蠅退治が行われたそうで、蠅が馬について馬場のほうへ行かぬように気が配られていたが、受付のところに早速一匹大きな銀蠅がいるのを見つけて、絢子はおかしくてたまらなかった。

競技会では、馬術というスポーツの持つ貴族的な気分が十分発揮された。むかしオリンピックに出たことのある老先生は、乗馬服の胸を反らして貴婦人方を迎え、外国大使館の高官夫人たちは、それぞれフランス語や英語で挨拶《あいさつ》していた。鞭《むち》を小脇にかかえたその姿には、そこらの青年などの及びもつかぬ粋な風趣があった。外国人の夫人たちはアフタヌーン・ドレスの正装で来ていたし、和服の奥様方も立派な訪問着を競っていた。その間に乗馬服姿がちらほらまじり、ロンドンの馬具屋の話だの、ハムブルク郊外の騎乗の話なんかをしている。

会話の言葉づかいは全く戦前風で、絢子は今さらながら、この人たちの古きよき時代への郷愁の強さにおどろいた。

クラブの老先生の好みで、場内放送のレコードがウインナ・ワルツなんかかけているので、絢子が受付の暇な一刻を、そのワルツを口吟《くちずさ》んでぼんやりしていると、同じ接待係の宮森康子が、

「こんなことならバンドでも連れて来ればいいのにね」

と言った。

「バンドっていうより楽隊っていう感じだわ」

と絢子は言った。

「私、早く競技会へ出て障碍《しょうがい》でも飛べる身分になりたい」

と康子。

「あせっちゃダメよ。むりして怪我したらつまらないわ」

「お互いに嫁入り前の大事な体ですからね」

「そうよ」

「でもこんなことをしていてガニ股《また》になったら困るわ」

康子はひどく足が太いので、乗馬袴《キュロット》で隠していられるのが嬉《うれ》しくて仕様がないのだが、その上ガニ股の心配までしているのである。

「あなたどなたかお待ちになってるの？」

と康子が突然言い出したので、絢子はギクリとした。

「いいえ、どうして？」

「だって手持無沙汰《ぶさた》に見えるんだもの」

音楽がおわって、会長の挨拶がはじまり、場内のざわめきが止んだ。

「いよいよはじまるのね。最初は真山さんね」

とプログラムを見て、康子が言っていた。そのはちきれそうな赤い頬が、うつむいている髪のうしろからさえ見えた。――まだ滝川夫人の息子は来ていなかった。

客が一応絶えたので、絢子は場内をちょっと見に行ったが、馬場馬術の肝腎《かんじん》の足のほうが見えないから、ゆったりと観客の頭上を動いてゆくとりすました騎手《のりて》の、上半身の上下動が見えるだけでつまらなかった。

その間も絢子は何となく、受付のほうが気になっていた。若いライオンに好奇心をそそられていたのである。自分のいない間に康子に案内をとられそうな気がして、受付へ戻ると、預っている切符も残りすくなになり、康子はもうくたびれてしまったように、お行儀わるく長靴《ちょうか》の足を長々と投げ出して、折りたたみ椅子にぐったり掛けていた。

「もう御用済みじゃない？」

「まだまだ。通はどうせ遅く来るんだから」

そのとき、向うの駐車場に一台のスポーツ・カアが辷《すべ》り込んで来て乱暴に駐車すると、そこから、折り曲げていた長身を引伸ばすように一人の男が降りてこちらへやって来た。

渋いチェックの変り上着を着て、グレイのフラノのズボンの折目が長い足に沿うて秋の午前の陽をくっきりと際立たせている。

年は三十歳ぐらいにも見えるが、それは服装のせいで、本当はもっと若いのかもしれない。白いワイシャツの衿《えり》もとが、まばゆいほどに見えるのも、その上に浅黒い引締った頭部がついているからで、ブヨブヨの顔が乗っていたら、折角の白いワイシャツもエプロンのように見えるだろう。

晴れた秋の朝にいかにもふさわしい青年だった。康子が机のそばに立っている絢子の腿《もも》をつっついて、

「イカスわね」

と言った。青年は近づいてきて切符をさし出し、そこに絢子は逸速《いちはや》く「はの十六」という数字を読んだが、切符自体は、すでに康子の手にとられていた。

この瞬間の絢子の感情は、百分の一秒の写真のシャッターのように早く切られた。本来なら、そんなことを言うべきではないのだが、そして多少淑女のたしなみにも外れた気がするのだが、思わず絢子は、

「お母様がお待ち兼ねでいらっしゃいますわ」

と言ってしまった。

「あ、そうですか」

と青年の頰には、一寸《ちょっと》、はにかみとも皮肉ともつかぬ微笑がうかび、それが浅黒い頰に長いザックリした皺《しわ》を寄せるのが、粋な感じがした。

「あら、御存知なの？　じゃ御案内をおねがいするわ」

と、立上りかけた康子は絢子に切符を譲ったが、そういう場合は又絢子の長所で、素直に受けとってしまうのである。

しかし先導して席まで行くあいだ、もちろん何事も起らなかった。身を斜めにして椅子の列のあいだへ青年を先に立ててやるとき、そのツイードの上着の、秋のゆたかな日向《ひなた》くさい匂いをふと嗅《か》いだだけだった。滝川夫人は見物中の他の客を憚《はばか》って、遠くから絢子に目礼しただけで、息子を自分の隣席へ迎え入れた。

――いよいよ競技会もおわりに近づき、滝川夫人の横鞍《よこぐら》がはじまるとき、絢子は何度も考えていたが、結局夫人に言われたとおり夫人の席で見ることにした。母からすでに言われていたらしく、青年は礼儀正しく絢子を迎えた。

「先程は有難うございました」

「いいえ。お母様の妙技をお近くで拝見したくて」

と絢子は言わでもの言訳を言った。

「いい年をしてお転婆で困りますよ」

「あら、でも皆さん横鞍をたのしみにしていらっしゃるわ」

「あれ、イギリスで若いときに憶《おぼ》えたんですね」

短い休憩の間の客席は立つ客もなく、プログラムの白い波が立ちさわいでいた。

青年は濃い黒目の深く見える目で、あたりをさりげなく見廻《みまわ》すと、

「さっき母が僕のことを何か言ってましたか？」

「いいえ、別に」

「嘘でしょう」

「ええ。すこし……」

と絢子はまことに愛らしく頰笑んだ。

「もうわかった。何を言ってまわってるか。彼女はサーカスのパレードみたいに、いつも笛や太鼓で前宣伝をして歩くんですよ。しかもそれがいつもまちがっているんですからね。迷惑するのは僕です」

絢子は笑い出した。

「でも、いいお母様だわ」

「そう思いますか？」

「とてもやさしくして下さるの」

そんな会話は慌しくて、何の感情の色合もなかったが、忽《たちま》ち拍手が起って、白馬の竜胆《りんどう》という白馬に乗った滝川夫人の登場を迎えた。夫人は小豆《あずき》色の上着に、小豆色のひろいスカートを穿《は》き、その下から黒い編上靴《へんじょうか》をのぞかせていた。

馬にまたがらずに横に腰かけて乗るこの十九世紀風の婦人馬術は、昔の人は何とも思わなかったろうが、今ではサーカスみたいなすばらしいショウになっていた。観客の喝采《かっさい》の中を、夫人は手綱を軽く捌《さば》きながら中央まで来て、貴賓席へ軽く頭を下げた。

それからの夫人の妙技には、絢子も、何もかも忘れて魅せられた。はじめの一まわりを速歩《はやあし》で廻ると、馬の上下の動揺にも、スカートのひらめき、正しい上半身の上下動が、実に軽やかで優雅で危なげがなかった。

次の一周は駈歩《ギャロップ》だったが、スカートは波打ち、動きはそのままワルツのようで、夫人の表情にも、落着き払った名人のようなものがあって、見ているうちに、馬はまたがって乗るよりも、こうして乗るものだ、という気がして来るほどだった。

馬の鼻息にまで快いリズムがあり、更に夫人は中央のフィールドに乗り入れて、一米《メートル》ほどの障碍《しょうがい》にかかるために、助走の駈歩にかかった。

そのとき、はげしい花火の音がして、青空につづいて数発の白い煙の固まりが上った。小学校の校長が裏切ったのである。

滝川夫人の息子は、息を呑《の》んで、席から半ば体を浮かした。瞬間、彼の顔が蒼《あお》ざめたのを見たような気がするのは、絢子が花火の音をきいたときに、夫人よりも、隣の青年の顔を思わず見てしまったからにちがいない。彼女にはそんな自分の反射神経が理解できなかった。

しかし滝川夫人もさるものだった。馬は一瞬、ぴくりと身を慄《ふる》わせて竿立《さおだ》ちになりかけたが、夫人に制せられて波打ちながら止った。夫人の小豆色のスカートが空へ向ってはね上げられたように見えたのは、わずか一刹那《いっせつな》だった。

夫人は悠々と馬首をめぐらして、花火の音が止まったのをたしかめてから、もう一度馬場を一トまわりし、今度は駈歩に入ると、あざやかに障碍へ向って、スカートの白い裏地を花のようにひらめかせて飛んだ。

いっせいに拍手が起り、夫人は悠々と又貴賓席へ礼をしながら退場した。その若々しい微笑には、何か高貴なものさえ感じられた。

6

あの馬術競技会での出会が、非公式のお見合だったと絢子《あやこ》が知ったのは、一ヶ月もあとのことであった。その間も、もちろんクラブで絢子は滝川夫人に何度か会っていたが、夫人はそれから息子のことについて何も触れなかった。

そのことが絢子の気持に、何とはなしに軽い引っかかりを与えていたことは事実だった。絢子は直感的に、夫人が息子を引合せたその引合せ方が不自然だったとは気づいていて、まさかお見合の意味を持たぬまでも、軽くテストされたという印象を拭《ぬぐ》うわけには行かなかった。それだけに結果が気になり、夫人が守っている沈黙は、悪いほうにしかとれなかった。しかも夫人は、冷たい素振りを見せるどころではなく、前よりもいっそう親切で、いっそうやさしく、いっそう甘く、溶けかけたキャンディみたいになってしまったのである。

これさえ、気を廻せば、夫人の絢子に対する「すまなさ」の現われと思えぬこともなかった。しかし、前にも云ったように、絢子は素直な娘だった。他人の厚意を厚意のままに受け、やさしさにはやさしさで応じて、決してヒガミ根性などを出さない娘だった。

絢子はもう、夫人が俊《とし》とだけ呼んでいる、名前も定かでないあの青年のことなど、忘れるともなく忘れてしまっているつもりでいた。

一ヶ月ほどたって、絢子の父の稲垣保《たもつ》は、薬品業界の大先輩の松本製薬社長に昼食に呼ばれた。何の用事かわからないが、多分、稲垣薬品のやりすぎに対するお叱《こ》言《ごと》ではないかと考えて、重い気分で、ホテル・オークラの二階の小宴会場へ出かけた。

そこには秘書も連れずに、老社長が一人で待っていた。

この老社長と差向いで個室昼食というのは、いかにも気分が重いが、社長は案に相違したニコニコ顔で稲垣保を迎えたので、稲垣は『ハハア、これは頼み事だな』と心の中で見当をつけた。

松本社長は葡萄酒を選んでウェイターに命じると、

「いやお忙しいところを御足労をかけて申し訳ない」

と後輩に向って丁寧に挨拶《あいさつ》をしてから、喋《しゃべ》りはじめた。

「ところで稲垣さん、家《うち》の頭痛薬の『オーネ』を御存知だね」

「ええ、そりゃもちろん。日本一の頭痛薬ですから」

「あの『オーネ』という名前は、本来、ドイツ語のオーネ・シュメルツ Ohne Schmerz（苦痛なし）からとったもので、日本人にはとてもシュメルツまでおぼえきれないから、便宜上『オーネ』と簡略化したわけですが、もともとドイツ種子《だね》の薬でね、バイエルから特許をとったものだ」

「それはよく存じております」

「あの『オーネ』の成功をキッカケにして、私の会社も戦後の第二期の大発展ができたわけだ。それにつけても、この特許をとるのが大へんな競争で、そのときの駐独大使の力添えがなかったら、とてもとれなかったわけですよ」

大体年寄の話はまだるっこしいものだが、松本老社長のは又格別で、話をきいていると、一体どこへ連れて行かれるかわからない。稲垣は、たった二人の食事にしては大きすぎる銀盆の上に、山ほどフラッペ氷を積み上げて冷やしたキャビアを、メルバ・トーストの上へ載せながら、まるで迷路へ誘い込むような老社長の話のあとを追った。彼の好みとしては、どんな重大な用件でも、三行の会話ですますのが理想だった。

「そのときの駐独大使は、それから間もなく二度目の駐英大使を勤めて、三年後に亡くなった滝川英亮《えいりよう》氏だが、あなたは滝川氏と面識がありましたかね」

「いや、残念乍《なが》ら、ございません」

「これは実に立派な人物で、私にとっても大恩人だが、この奥さんが又傑物でね。M財閥の大番頭の正木男爵の愛娘《まなむすめ》だが、これは又大した女性だ」

「はあ、そうですか」

「馬術界でも大どころであって、横鞍《よこぐら》のできる人は、この人を入れて五六人しかいないときいている」

ここまで来て、稲垣保は、はじめて「ははあ」と思った。滝川夫人の横鞍の話は、かねて絢子からきいていたからである。

「その未亡人がめずらしく私を訪ねてきて」と老社長は、相手の反応などおかまいなしで、いかにも冷静にきこえる自己陶酔という独特の話術をつづけて、「何の話かと思えば、あなたのお嬢さんの話じゃないか。今時実にめずらしい立派なお嬢さんで、おきれいだし、しかも少しも高ぶったところがなく、気持がやさしく、よく気がついて、……と何しろ大へんな褒めようだ。きけば、同じ乗馬クラブの会員だそうだね。未亡人の話は、簡単に言うと、ぜひ息子の嫁に、ということなんだが、何でも息子さんとあなたのお嬢さんは、すでにクラブで顔は合せているのだそうだ」

「それは存じませんでした」

と稲垣は、ふと、なぜ絢子が隠したのかと訝《いぶ》かったが、考えてみれば、隠すも隠さぬもなく、顔見知りの沢山の青年の中の一人というのにすぎないのだろう、と思い直した。

「それで、まあ、私が橋渡しをたのまれてね。もちろん、あなたのほうのいろいろな事情もおありだろうし、是非と言ったところで、向うの未亡人と息子さんの希望というだけで、お嬢さんの意向も何一つたしかめたわけではない。私としては、第一におめでたい話だし、第二にまじめな話というわけで、喜んで乗っただけの訳合《わけあい》でして、決して私があちらの肩を持ってどうこうというのでないことは、御了解ねがいたい。

今日御足労ねがったのは実はこの件なのだが、今日一つだけ承っておきたいということは、あなたが頭から『娘は嫁にやりたくない』というお気持なら、どうか率直にここで言っていただきたい。私もぐって来た門松の数だけは自慢になると思っているから、よしんばあなたがそういう返答をされても、それによってあなたに対して感情的にどうこうというようなことになる心配はない。これだけは年の功と思って、私も自分に安心している以上、あなたに於《お》かれても御安心いただきたい。そう仰言《おつしや》れば、すぐ引退《ひきさが》る他はないが、いかがなものでしょう」

そして稲垣が何か言おうとするのを又押えて、

「いやいや、念のために申し上げておきますが、この縁談について、相手の家がどうか人物がどうかという御心配を伺うのは、もっとあとの段階でいいのであって、ただ、今は一般的に、お嬢さんをお嫁におやりになる気持がおありかどうか、それだけをきかせて下されば十分なのです」

稲垣保は、話の間も、器用に料理を平らげてゆく老社長の、白いカフスから出たシミだらけの手を眺めながら、話そのものよりも、噂にたがわぬ話しぶりに感嘆していた。どこに連れられてゆくかわからないと思って、ジリジリして、おしまいには退屈して、ぼんやりしていると、急転直下用談に入って、二者択一の場所へ追いつめられ、即答を迫られる仕組になっている。なるほど松本製薬が大をなしたのは、薬の効き目なんかとはかかわりなく、ただこの老社長の話術と政治力のおかげだと納得されるのであった。

稲垣は判断に迷ったけれども、絢子をいずれ嫁にやらなければならぬという気持にいつわりはなかった。ただその気持を一般論という風に片附けるわけには行かなかった。それはあくまで他人の目で見るから一般論なのであり、当の娘の父親にとっては、この世に一般論などというものはあるべきではなかった。心の奥底で娘を手離したくないと思っている父親の気持から、オールド・ミスにならぬうちに誰かに早く呉《く》れてやりたいと思っている父親の気持まで、無数のニュアンスの連鎖があって、どこからが一般論で、どこからがそうでないとは云えなかった。又、見様によっては、世の父親のすべての心には、右の両極端の二つの気持が、それぞれの程度の差こそあれ、混在している筈《はず》であった。

もちろんこれまで絢子については、それとなく持ち込まれる話もないではなかったが、話が具体化する前に、絢子の意向もあって、見合まで行かぬうちに断わってきていた。絢子は理性的な娘だから、父親としても、いつかいきなり、

「この人と結婚させて下さい」

などと駈け込み訴えをされる心配はなかった。

それにしても老社長に即答を迫られた稲垣は困りに困って、年甲斐《としがい》もなく、卓の下でナプキンをいじって、もじもじしていた。老社長は微笑を崩さず、実に辛抱強

く稲垣の返事を待っていた。とうとう稲垣はこう言った。

「いや、どうも、いきなり黒白をつけられるようで、汗をかきますが、親の気持といたしましては、来春は大学を卒業いたしますし、それまでは家に置いてやりたいと存じますが、卒業後はいつでも嫁にやります決心で、……しかし、まだ花嫁修業は何かと不十分でございますし……」

「よくわかりました」と老社長は手をあげて遮《さえぎ》った。「つまり半年後の御卒業後はお嫁にやってもいい、とこういうお考えですな。七十歳八十歳まで箱入娘でお家にお置きになるおつもりはないと、いうわけですな。私ぐらいの齢《とし》の箱入娘が家にいては、こりゃ大へんですよ」

「いや、それは安心です。そのころは私も死んでいて、見なくてすみますから」

二人はザックバランに笑い、話は自然に、ごく微妙に、一歩を進めた形になった。

7

絢子が見合をしたのは、稲垣家にとっては劃期《かっき》的な事件だった。

「知らない人とお見合をするのはイヤだけど、一度、話もしているから、堅苦しくなくていいわ」

と絢子が言うと、母親の久子《ひさこ》は呆《あき》れたような顔をした。

「それだけ気に入っているというわけ?」

「いやなお母様。そんな意味じゃないわ。ただ、気軽に会えるような気がするだけ」

「気軽に会える、って、あなた一体お見合というものを、どんな風に考えているの? お見合というのは、一種の決闘ですよ。昔のお見合は、女のほうからは断わる自由がなくて、男のほうは自由に断われたから、女の経歴に傷がつくかつかぬかの境目だったんですよ。今はそんなこともきかないし、向うのお母様もひらけた方らしいから、その点は引返せると思うけど、あんまり気楽に考えたら、火傷《やけど》を負うことになるんですよ」

「そうかしら。私、あのお母様とあの息子さんなら、サッパリしたお話ができると思うんだけれど」

そう言う絢子の気持の裏に、自信と、それからお見合の相手への強い関心が動いていることは、肉親の気持をピリピリさせて、遠慮のない大学一年生の弟の一郎は、こんなことを言ってのけた。

「よしちゃえよ、よしちゃえよ、姉貴、そんな話に乗るの。

相手は母一人子一人だろ。何かとうるさいぜ。一等面倒なケースじゃないか。あせりにあせって、そんな難コースへ飛び込むことはないだろ」

「あせりにあせってとは何よ」と絢子は怒ったが、「でも、むこうのお母さまはともいい方だわ」

と息子より母親に惚《ほ》れているような口調になるのが、われながら、変な、不自然な誇張のような気もした。

母親としてはこの話について、父親が向うの財産状態や貴族的生活にかなり重きを置いているのが気に入らなかったが、何事も良人《おっと》に従う性質の人だから、自分の意見を通すことはしなかった。ただ、さりげなく、

「ずいぶんハイカラな御家風らしいけれど、絢子は大丈夫かしら」

と言うと、良人の保は、

「冗談じゃない。うちの絢子はどんな西洋式な生活にもまごつかないだけの素養があるよ。そこが、お前とちがうところだ。英語は喋《しゃべ》れるし、第一、乗馬クラブの会員じゃないか」

と笑殺してしまった。

見合自体が実に西洋風で、(もっとも西洋には見合という習慣はあるまいが)、滝川夫人の親友の英国大使館参事官夫人のお茶の会へ招かれるという形式がとられ、例の松本老社長夫妻、滝川母子《おやこ》、稲垣夫妻と絢子という顔ぶれで午後のお茶をいた

だくことになった。フィリップス参事官夫人は、自分の官舎が、日本式の見合に使われるということに、絶大な好奇心の満足を感じているらしかった。

この場所の選定にも、デリカシーが働らいていて、ある日松本老社長がさりげなく電話をかけてきて、稲垣保がすでに何かのレセプションの折、英国大使館へ招かれたことがあるのを、たしかめた上での招待だった。稲垣一家がはじめて行く場所では、その場所に馴《な》れた滝川一家に対して、何かと引け目を感じないものでもあるまいからである。招待状は、参事官夫人の名で、紋入りの英文カードが両家へ送られた。

「へんなお見合ね。西洋式エチケットの試験を受けに行くようだわ」

と絢子の母が、しかし朗らかに言った。

その立派な厚紙のカードに浮き出ているエングレイヴィングの英字を指先で撫《な》でながら、

「しかし、いささかキザだな」

と弟の一郎は言った。自分だけ招かれていないのをひがんでいるようでもあった。

当日は十一月も半ばすぎた美しい快晴の日で、午後三時のお茶に、客の自動車は次々とお濠端《ほりばた》の英国大使館の威厳のある鉄門をくぐった。門内はまるで別世界で、東京のまんなかに高原の別荘地が出現したように、迂回《うかい》する自動車路の左右を古い鬱蒼《うっそう》とした木立が包んで、その間から古雅な白い洋館が、青銅の屋根を並べていた。たくさん鳥の住んでいそうな、そしてその鳥でさえが、異国の鳥ばかりが住んでいそうな日本離れのした景色であった。

絢子はというと、ここまで運んでしまった責任の一斑《いっぱん》は自分にあるような気がして、鋭くきらめく小石のような不安が、胸の奥底にころがっているのを感じた。

滝川俊男に会うのは、あれ以来はじめてだった。彼の人柄が父母の気に入ってくれればいいが、まだ何とも云えなかった。あまつさえ、無理に着せられた振袖《ふりそで》の丸帯が、胸をしめつけていて、心臓を鉄板で押えつけられているような心地がした。

大きな青銅のドア・ノッブのついた白い品格のある扉をあけると、寄付《よりつき》の間がひろがり、左右から広い階段がその部屋を抱擁するように降りていた。ペルシア絨毯《じゅうたん》が部屋一杯に敷かれ、支那製の花鳥の模様のある陶器の鳥籠《とりかご》の中で、小鳥が囀《さえず》っていた。部屋の壁には六曲の山水屏風《びょうぶ》が壁画代りに張られ、そこかしこに仏像や厨子《ずし》のようなものが並んでいて、フィリップス氏が東洋美術の愛好家だという噂に違《たが》わなかった。

しかし、何と言ってもすばらしい効果は、仄暗《ほのぐら》い中にところどころ金箔《きんぱく》が光っているようなこの寄付の間を前景にして、ひろいイギリス風の芝生の庭が、あけはなたれた大きな四つのフランス窓の向うに、晩秋の日を浴びて、燦然《さんぜん》とひろがっている景色だった。庭の果ては花壇にふちどられ、コスモスや菊、葉鶏頭などの花々が、暗い木立の前に咲き乱れていた。

稲垣一家が、日本人の給仕頭に導入されて、フランス窓を通って、庭へ出ていったとき、卓を囲んだ白いガーデン・チェアには、滝川母子も老社長夫妻もすでに揃っていた。フィリップス夫人は、おそろしく背の高い、痩《や》せた、とうもろこしのような中年女性だったが、客を迎える微笑に、言いしれぬ気品があった。

「ようこそいらっしゃいました」

と日本語で言った。

そして、滝川母子と稲垣夫妻とはまだ初対面だったから、フィリップス夫人がテキパキと紹介した。この雰囲気のおかげで、いかにも見合くさくない見合になり、客のみんながフィリップス夫人にお茶に招かれて偶然に相会《あいかい》したという気分になれるのだった。

卓上には紋章入りのアンティク・シルバーのティー・セットが、よく磨かれて青空を映しており、ビスケットや、小さな薄い一口サンドウィッチや、フレンチ・ペイストリーが用意されていて、お茶は女主人の夫人が手ずからサーヴィスし、つまみものの皿は給仕が持ち廻《まわ》った。

夫人の日本語は大したもので、あまり巧すぎて、ところどころ言葉が突っ走って、わかりにくなるところもあったけど、今日の客の中に英語を喋らぬ人があることを慮《おもんぱか》って、日本語で通していた。そして若い二人を喋らせるように仕向ける巧みさは、日本人以上で、滝川夫人がこの人を選んだ理由もすぐに呑《の》み込めた。

たとえば、絢子の振袖姿を褒めるにも、ただ、きれいだきれいだ、と言うだけではなく、

「日本の若い活発なお嬢さんが、突然、こんな風に画の中の人物になれるということは何とすばらしいことでしょう。日本の方の二重生活は本当にロマンチックで、私どもの一重生活とは比べものになりません。しかもそれをたのしむ側は日本の方なのですから、日本の方ほど幸福な方はありませんね。特に若い男の方は、そうですね、俊《とし》？」

などと言う。

一同が落ち着いて話し出すと、

「これがイギリス風の三時の儀式で、イスラム教徒が毎日五時に地面に伏していっせいにお祈りするのと同じことなのですよ。イギリスでは、道路工事の工夫も、三時になると、シャベルを放り出して、天幕《テント》の中でお茶をいたします」

などと言い、それからしばらく話は日本の茶道の、野立《のだて》の話になったりした。

絢子は今日の滝川夫人の大人しいのにびっくりした。しかも絢子の目から見ると、

それはいかにも神妙に猫をかぶったという感じの大人しさで、よほど息子から言いきかされてきたのにちがいなかった。夫人を知っている人には、猫をかぶっていることがすぐわかるという感じが、いかにも夫人の愛嬌《あいきょう》だった。どんな話にもニコニコと合槌《あいづち》を打ち、決して自分の意見を滔々《とうとう》と述べたりしなかった。

むしろ、社交術を縦横に発揮して、人々を魅惑したのは俊男のほうだった。老社長から俊男の会社の勤めぶりの話も出たが、旧M財閥系のその軽金属の会社では、彼がどんなに嘱望されているか、などという退屈な話になりかけると、俊男が冗談にまぎらせてその場を救った。

「いいえ、お言葉は有難いのですが、僕は会社では、食魔《しょくま》と呼ばれているんです。あんまり沢山喰《く》うものですから」

「お若い方が沢山召上るのは何より結構ですわ」

と稲垣久子は言葉を合せた。

「でも僕のは極端で、お昼御飯に天丼を二つ喰《た》べて、又その上に、ホット・ドッグを一つ喰べたりするものですから……」

「まあ恥かしい！　まあ恥かしいわ。そんな本当のことを申し上げて」

と滝川夫人は娘のように嬌声《きょうせい》を上げた。

この気取らぬ告白は、相手の上流気取を警戒していた稲垣夫妻の心に深く触れたようだった。

絢子もこんな話ははじめてで、何しろ滝川夫人からは、息子の我儘《わがまま》と強情と博識の話しかきいていないのだから、この二つのイメージがどうしても結びつかなかった。第一、一分の隙《すき》もない紺の背広の袖口《そでぐち》に、何か変り型の銀いろの鎖のカフ・リンクスをちらつかせ、お茶ののみ方、女主人《ホステス》のお茶のもてなしに対する応対、何一つ間然するところのないエチケットを、楽々と自然に見せているこの青年が、二杯の天丼をパクついている姿など想像できなかった。又、夫人の言う博識ぶりも、俊男は今日はほとんど見せなかったが、たまたま話が、芝居のことになり、フィリップス夫人が、

「歌舞伎のお客は、今でもハンカチで涙を拭《ふ》きつづけている人がいるが、役者も悲劇の頂点では泣いているようで、喜劇役者が自分で笑ってはおしまいでも、悲劇の場合は、役者が泣くほど悲劇が盛り上る。それはどうしてだろう」

という、演劇論を持ち出し、舞台の役者の涙は本物だろうが、映画やテレビでは目薬を使って涙を出すのだろう、などという話になったとき、新発売の自社の目薬について、稲垣保は発言する機会を得た。

目薬論は、老社長と稲垣保の間で交わされたが、俊男が、大抵の目薬の主成分である塩化ナトリウムについて質問をはじめたとき、その素人離れのした質問に稲垣

はおどろいた。話が又、歌舞伎に戻ると、今度は俊男がフィリップス夫人の見た役者の涙は「俊寛」の芝居だろうとズバリ当てたので、これには歌舞伎の好きな稲垣久子がおどろいた。

しかし俊男が、そういう博識を見せたのはわずか二ヶ所だけで、あとで馬術の話になると、滝川夫人と絢子の会話に委《まか》せ、自分は多少皮肉っぽく傍観していた。

「母はできれば自分の家も馬小屋にしてしまいたいくらいなんですからね」

と俊男は言った。

「でも、その馬小屋で、私と絢子さんと一緒に暮せたらどんなに仕合せでしょう」

と、はじめて滝川夫人は、無邪気に不用意な一言を吐いた。みんなは笑ったが、『これはあくまで息子夫婦と同居するつもりらしいぞ』という感想が、稲垣夫妻の胸に浮んだのも当然だった。その咄嗟《とっさ》の危機を巧みに救ったのも亦《また》、俊男であった。

「馬の住むところは馬が決めたらいいですよ、お母様」

これはあたかも、裏から言えば『人間の住むところは人間が決めたらいい』という意味だった。しかも彼がこう言ったときの言葉の調子には、少しも冷酷に突き離したところが感じられず、温かみがあって、包容力があって、男らしい理性がにじみ出ていた。皆は又笑ったが、誰しも心のなかでこの青年には感心していた。

そして芝生の日ざしは少しずつ西へ傾き、芝草の影は次第に黒い針のようになり、テラスでお茶を前にした客人たちの影が、建物の白い外壁に長くのび上ってくる時刻が来て、老社長は、一同に先立って立上ると、丁寧に暇《いとま》を乞《こ》うた。それをしおに、一同も立って、フィリップス参事官の邸《やしき》を辞した。

8

見合の結果は大成功で、話はとんとん拍子にまとまった。

二人は来春までの四ヶ月の婚約期間を置いて、絢子の卒業と同時に結婚することになった。

誰からも羨《うらや》まれる縁組で、ふつうなら両家がお互いにアラ探しをはじめる段階なのに、そんなことは一向なく、みんながみんなを好き合っていた。人生というものは、運次第で、こんな風に円滑に運ぶものだ、という印象を絢子も持った。絢子にその許婚《いいなずけ》を紹介された級友たちは、露骨に嫉妬《しっと》を示して、お為ごかしにこう言うほどだった。

「気をつけなさいよ。あんなグッド・ルッキングは、きっとあとでボロを出すから。結婚式のときにでも、へんな女が妨害に現われたら、私たちが追っ払ってあげるから、友達は大事にしなくてはダメよ。でも、一人でなくて十何人もあらわれたらどうする？　私たちだけじゃとても防ぎきれないわ」

「自衛隊でも頼むからいいわよ」

と絢子は少しもイヤな顔をしないで言った。

絢子はそういう問題については、潔癖と称して自分の自尊心ばかりを大事にする、あのトゲトゲしい女たちの種族には属していなかった。それでもときどき俊男の完《かん》璧《ぺき》さには気味がわるくなることがあった。一体こんな人間がいるものだろうか？

滝川夫人があれだけ強調した我儘《わがまま》や強情は少しも見られず、彼はおよそ青年として好もしい要素を一身に集めていた。荒っぽいと思うとデリカシーに富み、もう一寸《ちよつと》でキザになりそうなところでキザに陥らない一種の自制があり、あまり洗煉《せんれん》されすぎないように気をつけている天井的要素もあり、スポーツマンでありながらスポーツマン特有のバカげた単純さやセンチメンタリズムがなかった。

強いて欠点をいえば、そういうバカげた可愛らしさが欠けすぎていることで、女の愛の母性的なものをキッパリ拒むようなところが見えすぎることだったろう。何しろ何を話しても、彼のほうがずっと知的教養もあり、絢子は教えられることばかりで、およそこちらから、

「バカね。そんなことも知らないの？」

とからかって上げるたのしみがなかった。

尤《もっと》もこの点に一番敬服したのは弟の一郎で、はじめはあんなに反対していたのに、今では彼が一番の崇拝者になっていた。

「すげえや。全くスーパーマンだ」

と一郎は、一度何かで南北朝の話をして、俊男を凹《へこ》ましてやろうと思ったのが、逆に、学問的にやりこめられ、その上、腕角力《うでずもう》を挑んで、これにも負けてしまったときに、心から嘆賞して絢子に言った。

一体いつのまにあれだけ古今東西の本を読み、その上、テニスで国体の選手にまでなったりすることができたのだろう。しかも俊男は、はっきり、

「デヴィス・カップの選手になったって仕方がないよ。スポーツの栄光なんて果敢《はか》ないものだからね」

と言うのだった。

しかし俊男が、いつも批評の鋭鋒《えいほう》を隠していたということはいえるであろう。俊男と絢子がはじめて二人で出かけたのは、フランスのバレエ団の来日公演だったが、それが終って、二人で夜道を歩きながらの会話に、

「僕は今夜は実はこっそり君の横顔だけ見ていた。舞台は見なかった」

と俊男が言った。

これは実にロマンチックな殺し文句で、絢子は嬉《うれ》しかったが、

「あら勿体《もったい》ない。あんなきれいなバレエ」

と半ば照れ隠しに答えた。そのとき、俊男が何か言おうとして一寸口ごもったのをで、絢子は俊男がそのバレエを気に入らなかったことがわかってしまった。

こんな場合、ふつうの青年なら、女の前に自分の批評眼を誇るために、たとえ気に入っていても、何やかやと難癖をつけた高踏的批評をはじめるのではなかろうか？　俊男が黙っているのは、ひとたび自分が批評をはじめたら、仮借ない批評になることを知っていて、自分を抑えているのかもしれないが、そこに絢子は、滝川夫人の言う「我儘」とは反対のもの、一種の越えがたい「冷たさ」をちょっと感じた。しかし絢子のよさは、そんなことをすぐ忘れてしまうことだった。

二度目に二人で出かけたのは、映画を見て食事をするという平凡なスケジュールであったが、その食事のあと、夜十一時ごろに、ある家のパーティーのアフター・ディナー・ドリンクに顔を出してくれないか、という滝川夫人のたのみがあった。どうしても友人たちが美しい許婚の一組を見たがっているというのである。

これもアメリカ人の大実業家を主賓に迎えた晩餐《ばんさん》会だったが、滝川夫人に言わせると、主人側もその主賓のおもてなしには退屈しきっていて、ひたすら夜十一時の若い一組の来訪を心待ちにしているという話で、もちろんこれには、人に息子の嫁を自慢したい無邪気な母親の矜《ほこ》りがまじっていた。

しかし、その晩、絢子は喜んで行くつもりであったのに、映画がすみ、食事のあいだも機嫌のよかった俊男が、いよいよパーティーへ行く時間が迫るにつれて、眉《まゆ》を曇らせ、馬場へ出るのをいやがる馬が尻込《しりご》みをするように、どうしても行きたくないと言い出したのである。

「折角、ゆっくり食事をして、あとは君と踊りにでも行きたいと思ったのに、気のきかないにも程がある」

「でもお約束したことですもの。行かなくてはわるいわ。それに行ってみなければ、面白いかつまらないか、わからないでしょう」

「つまらないに決ってるよ。チェッ、いやだなあ。僕はどうしても行きたくない」

――この場合、俊男に縄をつけて引張ってでも連れて行かなければならない自分の立場を、よく承知している絢子は困ってしまった。

9

絢子がそこまで滝川夫人に義理を立てて、いやがる息子をむりやりパーティーへ引張って行こうとするのは、絢子があたかも、当の俊男からよりも、俊男の母親から愛されたがってでもいるようで、偽善的に見えるのがたまらないが、やさしい絢子の心では、二人の到着を今か今かと待っている夫人にもし待ち呆《ぼう》けを喰《く》わせたら、どんなに淋《さび》しい気持になるだろうという懸念が勝を占めた。実際、俊男の反対の根拠は、ただのわがままとしか思えないのである。

とうとう彼を説得して行ったその家は、滝川夫人の親しくしている自動車会社の社長の家で、門を入るとひろい駐車場のあるホテルのような邸だった。

ロビーから客間に導かれると、奥のマンテルピースのあざやかな焔《ほのお》の色が目に入った。大理石の巨大な炉棚を支える一対の女神像の彫刻は焔《の》に美しく映え、人々は灯を消して、炉のあかりをたのしみながら、食後の酒を呑んでいた。アメリカ人の実業家の、野太い英語の声がひびいていた。

かねて言い含められていたのであろう、給仕頭が二人の到着を主人に伝えると、丁度二人が客間へ入って行ったころを見はからって、部屋のあかりが一せいに点《つ》けられた。二人は光りの目つぶしを喰ったように立止った。

アメリカ人の主賓が、立上っていきなりコニャック・グラスをかかげ、

「婚約おめでとう。すばらしいカプルだ！」

と英語で叫んだ。

絢子は滝川夫人の顔にひらめいた喜びの色を見のがさなかった。彼女はうれしさのあまり涙ぐんでさえいるように見えた。夫人の胸をひろくあけた夜の服は、堂々

たる威光を放っていたが、それでもその姿は実に可愛らしく見えた。夫人は立ってみんなに改めて、息子とその許婚《いいなずけ》とを紹介し、

「どう？　お似合でしょう」

と誇らしげに言った。

俊男も知合いをみつけて話し出すと、滝川夫人は絢子のそばへやって来て、

「ありがとう。あなたがつれて来てくれたのね。ずいぶん抵抗したでしょう。あなたのおかげだわ。本当にあなたのおかげ」

と囁《ささや》いた。絢子は、夫人が何もかも見透していることにおどろいたが、これだけ喜ばれるのは悪い気持がしなかった。

俊男はというと、ここの席へ来てから、態度にいちじるしい変化を見せ、他のお客には愛想よく応対し、英語も楽々と操って話しているのに、母親や絢子とは一切口をきかなくなってしまった。しかし西洋風の社交では、一組の男女が別々に客に融《と》け合うほうが作法だったし、人目に立つほど不自然な冷たさではなかったが、彼の紺の背広の襟から際立つやや高めなワイシャツの襟の白い線が、固く、きびしく拒否するように絢子の目に映った。それがそれほど目に残るというのも、俊男がいかに背を向けていたことが多かったかという証拠になった。

主賓のアメリカ人は、大男の初老の紳士で、銀髪がその線の太い赤ら顔によく似

合った。彼は大会社の社長らしい我儘《わがまま》放題で、自分の気に入った人間だけをそばへ引き寄せ、自分一人で永々と喋《しゃべ》り、相手に喋らせるのは、こちらから出した質問の答ばかりで、しかも答えはじめるとすぐ、「結論は？」とセッカチに催促するタイプだった。そんな酒顚童子《しゅてんどうじ》みたいな図体風貌《ずうたいふうぼう》をしていながら、ごくまれに、ニヤッと白い歯を出して笑う微笑の魅力を十分知っていて、契約の交渉中は鬼をもひしぐ怖ろしい顔をとおし、彼に有利な契約が成立したとたんに、相手が損をしたことも一瞬忘れたくなるような魅力的な微笑を効果的にうかべて見せるのであった。

俊男はこういう人物にもおそれげなく近づく方法を知っていた。怖ろしい巨犬には、正面から向って行けばいいのである。

「何杯目のコニャックをお呑みです？」

と俊男はいきなり言った。

こんな無礼な質問に相手は目を白黒させて、

「二杯目ですよ」

と答えた。

「僕らは食前酒《アペリチフ》にやっと口をつけようというところなのに、お羨《うらや》しい次第です」

と俊男が言った。これは勿論《もちろん》、自分たちの婚約の比喩《ひゆ》で、相手の女性経験の豊かさにお世辞を言ったわけであるが、ユーモアの好きな、あるいは、ユーモアを解することを以《もっ》て得意とするアメリカ人の習性によって、大実業家は一ぺんで俊男が気に入ってしまい、主人側はそっちのけにして、俊男とばかり話すようになった。

そして絢子のことも、こっそり、

「君の美しい食前酒《アペリチフ》」

という渾名《あだな》で呼んで、片目をつぶってみせたりするのだった。

――この家へは、要するに顔見せに来たようなものだから、一時間足らずで辞去することになり、滝川夫人がまず絢子の手を引いて電話のところへ行った。廊下の一隅にこのごろ流行のアンティク・テレフォンが置いてあった。

「稲垣さんでいらっしゃいますか」と滝川夫人は甘い声を出した。「どうもこんな夜中にお呼び立ていたしまして。私の我儘で、絢子さんを夜のおそいパーティーへ引張り出しまして、御免あそばせ。絢子さんは本当によく附合って下さって、こまかく気を使って下さって、おかげで私も面目を施しましたの。あら、本当よ。それでこれからお宅へお送りいたしますけれど、夜中のことではございますし、お玄関先で失礼いたしますから、どうぞお構い下さらないで。もうお玄関先へ絢子さんをお届けしたら、さあっと逃げ出しますから、本当にお構い下さらないでね」

その電話の近くには、俊男も立っていたが、先程まで外人と話していた時とちがって、明らかな仏頂面《ぶっちょうづら》に、夜の疲れさえ泛《うか》べていた。昼間は決して見せない俊男の、やや荒《すさ》んだ顔を、ステキだと思う余裕が絢子にはあったけれども、その不機嫌が自分にも向けられていると思うといい気持はしなかった。絢子の家へかえる車の中で、運転している俊男はほとんど口をきかず、滝川夫人が一人で喋っているので、絢子は悲しくなった。六人乗のメルセデス・ベンツのフロント・シートに、絢子をまんなかにして、三人で掛けている。窓外には、静まり返った住宅街の規則正しい外灯が流れ、行人の影もない交叉点《こうさてん》で、永い赤信号を待っていると、その間の夫人の立てつづけのお喋りがひどく虚《むな》しく感じられた。

「きょうのパーティーは、みんないい人ばかりで、昔に返ったような気がしたわ。ただいやなのは、あの威張ったアメリカ人だけ。でも俊男はずいぶんうまく調子を合せていたわね。我儘な人同士って、国境を越えて、気が合うのかしら」

こんな風に、うきうきした愉しげな独り言にも、必ず俊男へのあてこすりが含まれていて、そもそも俊男の不機嫌の原因が、絢子がむりやりパーティーへ連れて来たことにあるとすると、絢子は夫人の独り言が、俊男の無言にはねかえされて、こちらの身へ刺って来るような気がして、やりきれなかった。

家へついて、玄関のベルを鳴らしていると、夫人は、

「じゃあ、おやすみあそばせ。わざと御挨拶《ごあいさつ》をしないで帰るわ」

と大声で言ったので、出て来た絢子の母は、いやでも二人を、まるでかっぱらい

を追いかけるように、門まで追いかけねばならぬ羽目になった。そしてもとより、絢子と俊男の間には、情緒的な別れの片鱗《へんりん》も残されていなかった。

10

あくる日、絢子は、俊男の勤め先へ電話をかけようかかけまいかと迷っていた。男の勤め先に決して電話をしてはならない、というのは、父母からすでに授かった躾《しつけ》であった。しかし絢子はどうしても一言、

「ゆうべは御免なさい」

と言いたかったのである。

考えてみれば、絢子のほうから「御免なさい」などという義理は一つもない筈《はず》である。すべては滝川母子《おやこ》の都合から生れたことで、絢子がその間に立って、苦労しただけの話である。しかし、どうしても「御免なさい」という言葉が言いたくなったのは、絢子の順応主義ではなくて、心のやさしさだった。彼女は滝川夫人のさびしい顔を見たくなかったこと以上に、俊男のさびしい顔も見たくなかった。

考えてみれば、俊男の万能ぶりは、何か必死の抵抗があるようでもあった。彼はどうしてそんなに何でも知っており、何でもできる必要があったであろう。彼ぐら

いな風采《ふうさい》を持ち合せていれば、中身のカラッポなのらくら者でも、十分女の子に追いかけられて、幸福な人生を送れる筈なのだ。

絢子が何となく割り切れない気持で、家にいて一寸《ちよつと》本をひらいてやめてみたり、テレビを見かけてやめてみたりしているうちに、俊男から電話がかかった。

「やあ……今、一寸仕事で外へ出ていて、赤電話をかけているんだ」

「そう、うれしいわ。あのね……」

「なに？」

「ゆうべは御免なさいね」

「うん……」

電話の向うでは、ほんのわずかの間《ま》、声がとぎれて、次の声には一種の感動がにじんでいた。

「君が、ごめんなさい、って言うのか。そりゃ、ひどいな、……ひどいよ」

「あら、なぜ」

「僕が言えなくなっちゃうじゃないか」

「仰言《おつしや》らなくてもいいわ」

「よし」という声が、力強く明るくなって「今度の日曜は、誰にも邪魔されない、うんと遠くへ行こう。朝七時に迎えに行くぜ。乗馬服と長靴《ちようか》を穿《は》いて待っていてね」

「あら、馬に乗るの？」

「そうさ」

「遠乗り？」

「まだ言わないでおくよ。じゃ、朝七時にね」

絢子には、あんなに馬術を軽蔑《けいべつ》している俊男が、馬へ誘うのがふしぎに思われ、「あなたも乗れるの？」と訊《き》きたい誘惑を感じたが、やめにした。それにしても、どこか遠い空の下で馬に乗れるという喜びは絢子の心をときめかせ、日曜日が晴天であるように、とそれから毎日子供のように祈りつづけた。

——日曜は幸いに晴れだったが、引きしまるような冷気に充ち、朝七時の夜あけの庭には霜が下りていた。

稲垣家では、日曜にそんなに早起きする人はいなかったので、絢子はひとりで目覚ましをかけて起き、支度をした。静かにしているつもりなのが、自然に喜びが音を立てていたのか、母が、寝間着の上へガウンをかけて起きてきて、

「大へんなさわぎね。滝川さんは、遊びとなると、時間にかまわないのね」

と眠そうな声で言った。

この批評がましい言い方が、ちょっと絢子の心を刺したけれども、実の母親の何

でもない不平の呟《つぶや》きに、そんなに敏感になることはないのだと思い返した。黒紫長靴は、女中の手を煩わさずに、前の晩によく磨いておいたので、玄関に、た。しかし、足を入れようとすると、一夜の冷えで、革が凍ったように固くなっている感じがし

玄関にさして来た朝の光りの向うに、自動車が止る音がした。

「気をつけてね」

と母は言った。

「馬次第ね」

と絢子は言葉を返した。

「あなたはこのごろ何だか反抗的になって私は心配だ。俊男さんみたいな完全無欠人間と附合っていると、私たちの欠点がよく見えて来るわけなのね」

と寝起きのわるい母は、まだ何か引っかかるようなことを言っていた。絢子は、ほとんど卑屈なくらいな滝川夫人の態度と、こんな妙に威丈高になる自分の母の態度との間に、何かふしぎな照応があるような気がした。目の前にあるのは、たしかに一つの幸福だった。そして幸福のなかで、あるいは幸福を実現しつつある過程の上で、まわりの人々は少しずつ、不自然に身を固くしはじめていた。不幸が近づくときも、人間は同じように身を固くするのではなかろうか？

絢子はおよそ何の恐怖も感じていなかった。愛している許婚《いいなずけ》がおり、数ヶ月後には結婚生活がはじまる。それも世間の人が悉《ことごと》く羨《うらや》むような結婚であり、俊男はほとんど抽象的なくらいに万全の条件をそなえた花婿だった。それなのに、まわりの人間は、少しずつ恐怖に染められてゆくのである。

それは何だろう？　あまり完璧《かんぺき》に見える幸福に対して、人は恐怖を抱かずにはいられないものなのであろうか？

——絢子は、晴れやかな顔で俊男に朝の挨拶をした。

そして俊男がちゃんと乗馬服に長靴を穿いているのを見ておどろいた。

「まあ、改宗なさったのね」

「当り前じゃないか。君一人馬に乗って、僕はポカンと眺めていろというのかい？」

——車中、俊男は又いろいろと馬術の悪口を言いはじめたが、それが、決して滝川夫人の名は口にしないのに、馬に仮託して母親の悪口を言っているように絢子にはきこえた。

「馬ってものは、とにかく生物《いきもの》だろう。生物は僕は大体苦手なんだ。弱いと見ればすぐバカにするし、強いと見れば服従する。馬ぐらい人を見る動物はないというけれど、たとい人間と動物の間でも、そこに心理が働らくからうるさいね。相手のためを思って、とは云うものの、本当のところは、結局自分のためを思っている点では、馬も人も同じなんだもの。……僕はあまり馬に乗らないけれど、どんな馬でも、僕みたいな人間を乗せるのは気が進まないと思うよ」

「僕みたいな人間って、どういう意味？」

「さあ、我儘《わがまま》なエゴイストって意味かな」

と俊男は逃げた。

国道一号線は早朝のこととてかなり空いていたし、小田原《おだわら》から有料道路へ入って、熱海《あたみ》へ着いたのが九時半ごろで、ここへ来ると、絢子にはもう行先がわかってきた。

「大室山《おおむろやま》へ行くのね」

「そうだよ。あそこの乗馬クラブに、電話で予約してあるんだ。行ったことある？」

「はじめてだわ。外乗《がいじょう》ができるのね」

「もちろん」

絢子は期待に心がはずんだ。熱海市街から錦ヶ浦《にしきがうら》へ抜ける道は、いつもながら混雑していて、宿の丹前で道を横切る人たちに、無遠慮に車の中をのぞかれた。

フロントグラスからさし入る朝日の温かさで、車内の暖房は要らないほどだった。

絢子は、列をなした車の外側をうろつきまわるそういう丹前姿の男女の、日曜日の朝のふしだらな姿から目をそむけたかった。そこにはあからさまな汚れた快楽が透けて見えた。殊に細帯だけの女の丹前の腰あたりの感じは、この澄んだ朝の喜びを、どんよりとした欲望の靄《もや》で曇らせてしまうような感じがした。

「いやだね」

「いやね」

と二人は同時に言い合って目を合せて笑った。日を受けた俊男の目のかがやきが、実に澄んで見えたので、絢子は安心した。

――伊東《いとう》市をすぎて、サボテン公園の大きな銀の地球儀のところで右折して、伊《い》豆《ず》スカイ・ラインへの道をのぼってゆくと、高原の原生林を左右に見て、大室山がゆったりと迫って来た。

乗馬クラブは、道をのぼりつめたところにあるロープウェイの駅前にあった。夏場とちがって、その広場には人の数が少なかった。

車を止めると、二人はしんとしたクラブ・ハウスの中へ入って行った。カナリヤが囀《さえず》っている鳥籠《とりかご》の影が、くっきりと壁の下方に映っている。影の鳥も、おちつきなく動いている。

絢子は、イギリスやドイツの馬術の雑誌が、表紙の端がめくれてちらばっているテーブルの前に腰を下ろした。カラー写真の狐狩の真紅の乗馬服が美しかった。それは、驕慢《きょうまん》な花のようだった。

「滝川です」

と俊男が言うと、現われた教官の口から早速、

「滝川さんの奥様は御元気でいらっしゃいますか」

と、滝川夫人の名前が出た。その名は、いかにも斯道《しどう》の権威と謂《い》った敬意をこめて発音されるのだった。

「母からもよろしく申上げてくれと言われております」

「それはまことに光栄です。お母様はこの夏に一度お越し下さいましたが、その節は実にみごとな技を見せて下さいまして、われわれ大いに勉強させてもらいました」

「私は不肖の息子ですから」

「いや、御謙遜《ごけんそん》です。……さて、外乗が御希望でしたね。馬は用意してありますが、道がおわかりでないでしょうから、私が御案内しましょう」

「いや、二時間ほどぶらぶらしたいので、御案内はいただかなくて結構です。地図を一寸《ちょっと》見せていただけますか」

教官は不服そうだったが、滝川夫人の息子となると、反対もできないので、しぶしぶ、ボロボロの地図を持って来て卓上にひろげ、絢子も首をさし出した。

教官は鞭《むち》の先で地図をさし示しながら、

「向う側からあの山へのぼって、ここへ下ります。山ののぼりは、道なき道ですが、下り坂はやや道らしい道になります。そこの下に野原がひろがって、ドライブ・ウェイまで、ずっと自由に駈《か》け廻れます。もちろん、ドライブ・ウェイをお騎《の》りになるのも自由ですが、車に気をつけて下さい。もっともウチの馬は、車には馴《な》れていますが……」

クラブ・ハウスの下は急な石段になって、ひろい二面の馬場が眼下にひろがり、厩舎《きゅうしゃ》の前に、白と栗毛の二頭が曳《ひ》き出されていた。

馬場の向うに紅葉のところどころ色づいている山が、これから二人ののぼってゆく山であった。

11

俊男は栗毛の馬に乗り、絢子《あやこ》は白馬に乗った。高原の晩秋の冷たい澄んだ空気が、凝り固まって形を成したような美しい白馬だった。

ここの馬はみんな調教が行き届いていて、障碍《しょうがい》も飛べるほどだから、軽井沢《かるいざわ》の貸馬なんかとは比べものにならない。まず足馴《あしな》らしに馬場へ出ると、俊男が、グイグイと推進力のある並足で、キチンと蹄跡《ていせき》行進をするのに絢子は目を見張った。一体、いちばん軽蔑《けいべつ》している筈《はず》のスポーツにもこれだけ熟達しているとは、何というふしぎな人だろう。

二人は速歩《はやあし》でもう一周してから、馬場を出て、草紅葉《くさもみじ》の道を、俊男が先に立って行った。

絢子には久しぶりの外乗《がいじょう》で、草の小径《こみち》をゆくたのしさが胸にあふれ、霜柱を踏みしだく蹄鉄《ていてつ》の歯切れのよさが、自分の体にまでしみ通って感じられた。前をゆく俊男の騎行は、いささかの危なげもなかった。少し首振りのクセのある馬だが、彼の脚《きゃく》がよく締っているとみえて、すいすいと思う方《かた》へ進んでゆく。

山の向う側へ出てから、いよいよ山へのぼるというとき、

「何だか石ころだらけだなあ。手綱は詰め気味にしたほうがいいよ。短いのぼりなら手綱をうんとゆるめてのぼる手もあるけれど」

と俊男はふりむいて言うと、紺の乗馬服の背筋を立てて、急な石ころの道をのぼり出したが、小径はやがて一面の芒《すすき》に埋もれて、山の中腹をジグザグに上ってゆくころには、馬の背は丈高い枯れ芒にほとんど埋没して、ただ銀いろに光る芒の穂から俊男のきちんと正した背が泛《うか》び、ときどき振り立てる馬の首が前方に躍り出るだけになった。

絢子は、俊男との間に半馬身ほどの間隔を置きながら、道のない道を芒の穂を長《ちょう》靴《か》で掻《か》き分けてのぼったが、すぐ前をゆく俊男の髪が、明るい光りに映えて、その髪の裾《すそ》が逞《たくま》しい頸筋《くびすじ》につづくのをたのもしく眺めた。

俊男は頂き近くへ来て馬を休めたが、そこで体をねじった彼は、芒の銀の中から泛び上ったかのようで、鞭《むち》をかかげて、

「ほら」

と彼方《かなた》の富士を示した。

見れば、ゆくての遠い山々の彼方に、富士は白くあざやかに、聳《そび》えていた。雪におおわれた山肌の微妙な凹凸が、静脈の隆起のように見えるのは、絢子の乗っている白馬の肌そのままだった。そして十一月の澄んだ青空を、富士は、鋭い線で、精妙に切り抜いていた。

富士から目を移して、眼下を見ると、もう馬場と厩舎の眺めは背後に遠ざかって、ゆるやかなゴルフ場のところどころに影を宿した松や灌木《かんぼく》、そこのコースをゆくゴルファーとキャディのシャツの色が点々と見えた。それは何だか、馬上から見下ろすと、ひどく愚かに傲《おご》った姿だった。

「むこうのゴルファーたちは、きっと羨《うらや》ましがって見ているわ」

と絢子は髪をつと掻いやりながら言った。

「羨しがるぐらいの気があればいいけれどね。彼らは自己満足以外何も知らないんだ。あいつの影を見てごらん。影まで丸いだろ」

と指さすところに赤いシャツのゴルファーが、その遠目にも苦しげなほど丸々と肥《ふと》った体の影を、傍らに落しているのを見て、絢子も笑った。

頂上を越すと、教官の言ったように、道はひろくなって、石ころに気をつけながら、ゆるゆると下りればよかった。彼方のドライヴ・ウェイを、ときどき車が光って通り、そこまでの間には、灌木がまだらに生えたひろい草地がひろがっていた。草地には道もなく、雨のあとではそこかしこに水がたまるであろう窪地《くぼち》が点在して、人の影もなかった。そこへ下りると、

「少し駈歩《ギャロップ》をしようか」

と俊男は言った。

「本当のクロス・カントリーね。はじめてだわ」

と絢子は心が躍って、あたりの草紅葉が色とりどりの野が、丁度三方から山にかこまれて、東京では夢想もできないすばらしい天然の馬場をなしているのを見廻《まわ》した。

「速歩から入るよ」

と俊男ははじめ軽速歩《けいはやあし》で、絢子を従えて、大きく輪をえがいて走りだしたが、

「ホーラ」

とかけ声をかけると、拍車を小気味よく入れて駈歩に転じた。絢子の馬も駈歩になった。

馬の背は波立ち、鼻息もリズミカルに、騎手《のりて》はいかにも欣喜雀躍《きんきじゃくやく》と云った感じにとらわれる。馬の躍動が、騎手の心に、はげしい昂《たか》ぶった喜びを与えるのだ。天へ跳ね上げるような力に乗って、それを御しているという感じは、忽《たちま》ち全身が汗ばむほどの火照《ほて》りと共に、ギャロップ特有の炎の昂揚《こうよう》だった。

それに、平坦《へいたん》な馬場の中とはちがって、馬は、溝を窪地を低い灌木を飛び越えながら、丁度野原へ放たれた飼犬が大喜びしてむちゃくちゃに駈け廻るように、全身に解放のよろこびをあらわして、とびまわり、はねまわった。いつまで駈けていても、馬はまだ駈け足りないようだった。

絢子の目の中には、青空や、常緑樹や紅葉が、ちぎれちぎれに飛びめぐったが、一つのものだけが、彼女の目と心をしっかりととらえていた。それは俊男の紺の乗馬服の背の深い馬乗りが、鞍《くら》の上でひるがえるたびに、丁度燕《つばめ》の白い腹のようにちらちらと見せる、その白絹の裏地であった。

十分駈歩をたのしむと、二人は、馬を止めて、下りた。多少岩乗な灌木に手綱をつなぎ、馬にゆっくり草を喰べさせた。

二人は汗を拭《ぬぐ》って、草の上に腰を下ろした。ここには風もなく、うっとりするような日だまりで、まだ虫が啼《な》いていた。

「東京のちかくで、これだけ乗り廻せるところはないな。北海道まで行けば別だろうけれど」

「馬が第一いいからステキね。折角いい場所でも、ボロボロの貸馬だったら、こうは行かないわ」

「快適だったな。僕はずいぶん乗っていないけれど」

「おどろいたわ。ふだんあんなに馬の悪口ばかり言っていらっしゃるくせに」

「ふふ」

と俊男は照れかくしのように笑って、草の上にあお向きに寝ころがった。それから傍らのまだ青い草の芯《しん》を引抜いて、軽く噛《か》んでいた。

絢子もそうしたかったが、何となくはしたなく思われて差控えた。今、俊男の目に何が映っているかと、倖《しあわ》せな気持で考えた。鳥がしきりに囀《さえず》っている。彼の目には青空と、わずかな雲と、そこをよぎる鳥の影だけが映っているだろう。絢子の姿は映っていないだろう。すると彼の目の中の澄明すぎる世界の完全さを、俄《にわ》かにぶちこわしたくなった。

「意地悪しちゃう」

と絢子は、俊男の目の上へ、手袋の手をさし出して、庇《ひさし》のようにかげらせた。

「ほら、もう何も見えないでしょう」

俊男はすると、すっと目を閉じた。絢子は肩すかしを喰《く》わされたような気がして、手をひっこめ、俊男の寝姿に背を向けて足を投げ出して坐《すわ》っていた。

するといきなりうしろから抱きすくめられた。頸筋に接吻《せっぷん》されてしまっていた。

二人は、唇を合せるときに、体を交叉《こうさ》させて、片手をそれぞれの頸に巻き、片手を探り合せると、指の力で強く引いた。絢子は、目をつぶっていると、又ふしぎな熱い躍動する波に乗っている思いがしてきて、さっきのギャロップのつづきをやっているような心地がした。

二人は永いこと、鳥の囀りに耳を占められながら接吻していた。他に音とては、ドライヴ・ウェイを走る車の音と、(それもこの窪地からは見えない位置にあった)、ときどき馬が振る尾が草の葉末に当って立てる音がするだけだった。

やっと唇を離してから、二人は又永い沈黙をたのしんだ。汗が引いて行ったが、少しも寒くはなかった。その日だまりを雲の影が横切ると、雲と自分たちとの間に何一つ遮《さえぎ》るものがなくて、雲が直《じか》に挨拶《あいさつ》をしてすぎるような気がした。

「ここなら誰にも邪魔されないね」

「ええ」

「僕のことを、気むずかしくて、我儘《わがまま》だと思うかい？」

「少しね」

「正直な返事だ。しかし、僕はね、君を百パーセント幸福にして上げたいと思うと、いろんなことを考えだして、気むずかしくなってしまうんだ。一種の完璧《かんぺき》主義者なんだな。……人間の心という奴は、とにかく、善意だけではどうにもならん。善意だけでは、……人生を煩わしくするばかりだとわかっていてもね」

「私って物事を全然煩わしく思わないから大丈夫よ。私って、呑気《のんき》すぎて、どうかしているんじゃないか、と思うことがあるの。だから、あなたより私のほうが、ずっと幸福になる資格があるみたい。……でも、あなたって、どうしてそんなに沢山本を読んでいて、何でも御存知なの？」

「子供みたいな質問だな」

「何でそんなに物知り博士なの？」

「一人ぼっちだったからさ」

と俊男はやや白けた笑いを泛べて言った。

12

大室山で俊男が言った、

「一人ぼっちだったからさ」

という言葉は、絢子の心に長い謎の錘《おもり》を垂れた。

なぜこんな恵まれた青年が一人ぼっちだったのだろう？　俊男はそれについて何ら納得のゆく説明を与えなかったので、却《かえ》ってこの言葉は絢子の空想をいろんな具合に刺激してやまなかった。

俗に言えば、俊男は、「女のほうで放《ほ》置《う》っておかない」タイプであるから、それで世の中があまりスムースに行きすぎて、つまらなくなって、贅沢《ぜいたく》な孤独のほうを自ら選んだのかもしれない。

彼の女性遍歴を根掘り葉掘りきくような、はしたないことは絢子は好まなかったし、又それをきいて自分の心をいためつけたいという変な欲求も持たなかった。

こんな疑問を抱いているとき、たまたま、滝川夫人から電話がかかって、明日自宅でやる午餐《ランチヨン》を手伝いに来てくれないか、という依頼があったので、絢子は何かのヒントが得られると思って、喜んで受けた。それに、夫人は本当に手伝いを必要としているのではなく、夫人のもっとも大切にしている教養であるところの、パーティーの運営や儀礼を、絢子に学んでもらいたがっていることが、すぐわかったからである。

約束の時間は午前十時だった。客は滝川家を十二時半に訪れることになっていた。よく晴れているが、すでに師走《しわす》の風の冷たい朝で、滝川家は、古風なイギリス風の洋館の前に、三百坪ほどの枯芝の庭を控え、すでに棕梠《しゅろ》などは薦《こも》に包まれて雪にそなえる構えをしていた。

ベルを鳴らすと、スイス風の派手なエプロンをかけた滝川夫人が、笑いにとろけそうな顔をうかべて出て来て、

「まあ、よく来て下さったわね。ごきげんよう。さあ、さあ、早くお上りになって、体を温めて、仕事はそれからよ。寒い朝なのに、よく来て下さった。うれしいわ」

と喋《しゃべ》り立てるなり、絢子の手を引いて、客間のファイア・プレイスへつれて行った。平日の昼間のことであるから、もちろん俊男は不在だった。

夫人は大きな声で、厨房《ちゅうぼう》のほうへ何か言いつけながら、ファイア・プレイスのところへ戻って来た。部屋を隔てる厚地のカーテンが片寄せられているので、次の間のテーブルがのぞかれた。

「一寸《ちょっと》拝見してもよろしい？」

「さあ、どうぞどうぞ」

絢子は夫人を喜ばせたい気持から、手を煖《あた》ためる間《ま》もそこそこに、次の間へテーブルを見に行った。

テーブルは美しくセットされていた。一目でそれが正式の午餐であることがわかる、晩餐《ばんさん》同様の白いテーブル・クロースに、燭台《しょくだい》こそないが盛花が飾られ、頭文字入りの銀のナイフやフォークの間に、精巧なマイセン風の華麗な飾り皿が置かれ、その上に折り立てられたナプキンの前に、客の一人一人の名札が置かれてあった。

「まあ、きれい。もうすっかりセットしてありますのね」

「そうよ。名札も私が書いたの。見て頂戴《ちょうだい》。お客はみんな西洋人で、みんな女ばかり」

主人の滝川夫人の右隣の御正客の名札を見ると、
The Rt. Hon. The Countess of John Salisbury
と書いてある。

ばかにえらそうな名前だが、絢子は何もわからぬままに、素直に、

「これ、どういう方ですの。それからこの称号は？　教えていただきたいわ」

ときいた。

「ああ、これはね、このThe Rt. Hon.はね、The Right Honourable（ザ・ライト・オーナラブル）の略で、英国で、伯爵、子爵、男爵の爵位のある貴族やなんかに使う称号なのよ。ソールスベリー伯爵夫人は当然この称号だわね。彼女は有名なソールスベリー家の一族で、ファースト・ネームはイディスだから、ザ・レイディ・イディスというわけね。英国の王立馬術協会の理事をしている人なのよ。英国時代の私の友達だけれど、日本へ来たから、午餐会をしてあげようと思って。

それからその右隣は、

Dame Mary Gottfried

デイム・メリィ・ゴットフリードと言って、爵位じゃないけれど、デイム・メリィと呼べばいいのよ」

「レディというのは、誰でもそうですか？」

「いいえ、ただ、レイディと呼ぶときは、準男爵か卿《きょう》の奥様なので、貴族のレイディにはザがつくの。The Ladyというわけ」

「で、お呼びするときも、ザ・レイディ・イディスとお呼びするわけ」

「そのときはユア・グレイスYour Graceにしておけば無事でしょうね」

「まあ、ややこしい」

と絢子は頭が痛くなってしまった。

その次の席を見た彼女は、同じ白い名刺大の札に、同じ滝川家の紋章が入って、夫人自筆の凝った黒インキの英字が、アヤコ・イナガキと読めるので、絢子はびっくりしてしまった。

「あら、今日は私も招《よ》んで下さるの。お手伝いだけかと思っていましたのに」

「そうよ」

「でも……でも、そう云っていただけたら、服を用意してまいりましたのに、こんなスェーターで来てしまって、……私、困りますわ」

「そう言うだろうと思っていた。心配御無用。こちらへいらっしゃい」

と夫人は絢子の手を引いて、どんどん食堂の外へ出て階段を上り、夫人の部屋へ連れて行った。そこには、巨《おお》きなベッドにかけられた白地に金の縫取のあるベッド・スプレッドと、そばのナイト・テーブルに飾ってある彼女の亡くなった良人《おっと》の肖像写真が目についた。夫人は大きな洋服の函《はこ》を持ってきて、

「さあ、このアプレ・ミディ（アフタヌーン・ドレス）を着てごらんなさい。ちゃんとあなたの寸法を盗んで作らせておいたのよ」

「まあ」

美しいリボンを解いて、箱をあけてみた絢子は、若々しいエメラルド色の服が出て来たのを見て、喚声をあげた。

「さあ、鏡の前で体にあててごらんなさい。きっとお似合いだから」

鏡の裏から、明るい午前の日ざしが射しているので、絢子が体にあてがった服のつややかなエメラルド色は、冬のさなかに若葉の奔流を見るように新鮮だった。

「どう？」

「これ、下さるの？……私にピッタリ」

「ええ、私のプレゼント」

「どうもおそれ入ります。……でも……」

「でも、何です」

「今日のランチはあんまり立派なお顔ぶれで、私、勤まるかどうか自信がありませんわ」

「そんな気の弱いことでどうします。俊男のお嫁さんになったら、あなたはいずれ、こういうパーティーをしょっちゅう自分で主宰しなければならないのよ。でも、あなたなら、絶対に立派にやってゆけるわ。私の目にまちがいはないもの」

絢子はそれでも、何となく一抹の不安を心から拭《ぬぐ》えなかった。

大体、何のためにこんな貴族的なランチョンをしょっちゅう開かなければならないのだろうか。そこのところが、どうしても絢子には呑《の》み込めない。しかもそれは滝川夫人にとっては、馬術と共に、人生の最高の目的になっているらしいのである。

——夫人が絢子を「手伝い」という形で招いたのは、パーティーを主人側から学ばせる学習のためであったようで、臨時雇のコックとウェイターが来ている厨房には、あまり絢子を寄せつけなかった。

「お仕度が出来たら、ファイア・プレイスで御本でも読んでいらっしゃい」

と夫人は身仕度のために、いそいで姿を消した。

絢子は、戸外を吹きめぐる冬の風の鋭い笛の音を窓外に聴きながら、新らしいドレスに着がえた姿を、もう一度鏡に映してみたいと思っていて、又それも億劫《おっくう》な気がして、煖炉《だんろ》のほうへ靴下の足をすっとのばした。ここの家では、靴を穿《は》いていられるから、自分の足の形の美しさを損ねないですんだ。ナイロンの靴下をとおして、柔らかい火熱が、しずかにしみ入ってくる感じはすてきだった。そして、薪が次第に火に犯されて、いかめしい姿が、何か脆《もろ》いはかない姿に変ってゆくのは、見ていて悲しいような美しさで、自然の火の奔放なゆらめきも、野性の匂いを感じさせた。

『私は幸福なのかしら？』

と、絢子は、急につきとばされるような思いで、心に呟《つぶや》いた。これはへんな質問だった。物質的にも精神的にも何一つ不足のない筈《はず》の、今の絢子の心に、幸福なのかという疑問が生れるのは、それ自体、贅沢《ぜいたく》すぎる話だが、物事の裏を見ない代りに、あまりに冷静で客観的な彼女は、あまりスルスルと動きすぎる機械の一種の不気味さを感じだしていた。

——時はたち、滝川夫人と並んで絢子がお客を迎える時刻になった。お客は次々と到着し、客間に食前酒《アペリチフ》が出て、滝川夫人の好きなデュボネがよく売れた。最後に到着したのは、正賓のソールスベリー夫人であった。

一目見て絢子はおどろいた。鼻も丸く、赤ら顔で、その上にひどく無神経に斑《まだ》らに白粉《おしろい》をはたいた伯爵夫人は、ちょっと見たところ、アメリカの田舎町の女教員のようで、その派手な花もようのプリントのドレスも、おどろくべき代物だった。絢子を紹介するひまもなく、滝川夫人は、ソールスベリー夫人の、一語一語語尾を長く引く英国風の長広舌につかまっていた。

「ああ、あなたは何という御親切で、何といういい機会を与えてくれたものだろう。あなたとゆっくり話したくて、死ぬほどあこがれていたのに、こんな美しい冬の日私の為に、こんなすばらしい招待をして下さるなんて。日本の冬は、何という明るい輝やくばかりの冬なんでしょう……」

そういうことを、絢子に背を向けて、長々と滝川夫人に向って演説しているこのザ・レイディの、背中のファースナーが半分外れて、そばかすだらけの人参いろの背中の肉を見せてしまっているのを、絢子は発見した。

13

――お客はなかなか帰らず、三時半ごろになってようよう腰をあげた。

最後のお客を送り出すと、夫人はやさしく絢子をふりかえって、

「御苦労様。おかげ様で、大成功のランチョンだったわ」

と、しんそこから嬉《うれ》しそうに言った。絢子はそのまま帰ってしまってもよかったが、何となく心残りがして、

「もう少しお話しして行ってもよございますか。もしお疲れでなかったら……」

ときくと、

「お疲れどころか！　私は馬のあと、パーティーのあとは、ガソリンを満タンまで補給した自動車みたいに勢いがよくなるのよ。さあ、ゆっくり愉しく話しましょう。あなた、そのドレス本当によく似合うわ」

絢子はにっこりして夫人の厚意に報いたが、パーティーのあとの散らかった室内、口紅のついた煙草の吸殻、底に飲物のこったグラスなどを見渡すと、今までここに湧き立っていた英語の会話が、まだそこらにちらほら影を残しているような気がした。たとえばカーテンのかげには、あのやたらに長く引っぱった「ハウ・マーヴ

ェラス！」という感嘆句が、又、テーブルの下には、蛙《かえる》の鳴声みたいな、「クワイト……クワイト……クワイト」という合槌《あいづち》が。

やたらにユア・グレイスとか、デイム・メリィとか呼びかけ合う会話に疲れ、今しんみり日本語で話し合うことのうれしさが、炉辺の絢子の心を、一そう夫人に甘えさせることになったとみえて、ふだんならつつしむだろうと思われる質問を、思わず夫人にしてしまった。

「あのね、俊男さんに、『どうしてそんなに沢山本を読んでいて、何でも御存知なの』と伺ったことがありますのよ。そうしたら俊男さんが、『一人ぼっちだったからさ』とお答えになったのですけれど、どういう意味でしょう？　そんなにあの人が一人ぼっちだったことがありますの？」

瞬間、夫人の眉《まゆ》がちょっと翳《かげ》ったように思われたが、忽《たちま》ち明るい笑顔になって、

「それはね、あの子がそう言ったのは、よくわかるわ。一人ぼっちだったからエゴイストになったと言いたいんでしょうし、あの子独特の自己弁護ね。

でも、あの子が幸福な子供の時代や少年時代を、バカに暗いものに考える気持はわからないじゃないわ。あの子は、本へのがれたんです。つまり読書へね。

それというのも、あの子はしょっちゅう人からチヤホヤされ、可愛がられることに、人生のはじめで飽き飽きしてしまったらしいのよ。ふつうの人ならそれで満足

してしまうところだけれど、あの子は人一倍感じ易いのね。

あの子は、何でも知ってる、何でもできる超人間みたいな考えのとりこになっていたことはたしかだわ。子供のころ、万能ロボットを作ろうとしていたのを見たことがあります。

十日もかかって完成したのだけれど、一人でコツコツ作っていたわ。出来上ったのを見ると、ボール紙を組立てて銀いろに塗って、とても不恰好《ぶかっこう》なものでしたけれど、お腹《なか》のところに、グルグル廻《まわ》す文字盤がつけてあって、その文字盤が細かく割ってあって、

ごはんをたべる、

お菓子をたべる、

本をよむ、

空を飛ぶ、

二十五ヶ国語を話す、

数学は何でも、

スキーをやる、

テニスをやる、

地にもぐる、

魔法を使う、

とかなんとか、三十以上の項目があって、その或《あ》る項目を針の先に合すと、ロボットがその通りにするのだ、というのだけれど、もちろん、そんなことができるわけはない。ただあの子は目盛を「空を飛ぶ」に合せては、ロボットをブーンと空を飛ばせてみたり、「二十五ヶ国語を話す」に目盛を合せては、自分でわけのわからない言葉を、機関銃みたいに喋《しゃべ》って、……まあ、つまりそんなことをやって遊んでいたわけね。

何故あの子は、一人でそんな空想を持ったのでしょう。そのころ家に家庭教師の女がいて、それこそあの子に惚《ほ》れ抜いていて、『お坊ちゃまは天才だ』『お坊ちゃまは今に、町を歩いてゆくと、女の子がみんなふりかえるようになりますよ』なんて、余計なことを吹きこんでいたらしいの。もしかするとその反動かもしれない」

そこまで言って、夫人はふと口をつぐんだ。

「そんなに子供のころのことは影響するものでしょうか。俊男さんははじめから人並以上の方だったから、自然にまわりの人たちが物足りなく思われて、一人ぼっちになり、ますます本を読むことになり、それでますます秀才におなりになったのではない？」

と言うと、

「でも、あの子は子供のころ、そんなに秀才というタイプじゃなかったわ。小学校の成績なんか、そんなにいいほうじゃなかったんだから」

と夫人は妙なところで頑張るのだった。

しかしこの話は絢子の心に深く触れた。人間は誰でも、(殊に男は)自然にこれこれの人物になるというものではない。目標があり、理想像があればこそ、それに近づこうとするのである。俊男にしたところで、ぼやぼや育ちながら自然に万能の人間になったわけではない。

それにしても、あんまり人に愛されすぎて孤独になるというのも、贅沢《ぜいたく》な話だと絢子が思っていると、

「もうこの話はやめましょうね」

と夫人のほうから言いだしたので、それに素直に従った。

二人はそれから、さっきの午餐会で出た馬術の話をいろいろ思い出してたのしみ、デイム・メリィのそばかすと皺《しわ》だらけの手の指にはめていたサファイヤのすばらしさを話し合ったりした。こうしていると、結婚する前からこれほど仲の良い嫁姑《よめしゅうと》は世界中にいないように思われるのであった。

14

　このときの話は、何となく俊男との間では出なかった。俊男がこのパーティーの話に触れたがらないので、別に秘密にすべきことは一つもない筈《はず》であるが、絢子の方でも黙っていて、二人でクリスマス前夜はたのしく過し、やがて年も明けた。

　絢子は許婚《いいなずけ》の感情を思うさま味わっていた。それは、公明正大な感じと、恋人同士の甘さとの結合だった。結婚すれば後者が失われ、ただの恋人なら前者が欠けている。その二つの利点を併せ持って、世間へ、この世でもっとも美しい顔を向けているのだ。

　正月に絢子が振袖《ふりそで》姿で年始に行くと、滝川夫人は不在で、俊男だけがいた。

「お母さまは今日はお留守？」

「ブリッジはじめだってさ。呆《あき》れたね」

　夫人はブリッジ友達の家へ、いわば西洋式歌留多《カルタ》会という気持で、お昼すぎから出かけていたが、夜おそくまでかえって来ない、という話だった。

　滝川家で唯一つの日本間は、俊男の亡くなった父の使っていた居間だったが、そこで形式上、お屠蘇《とそ》を上げるというので、俊男とお屠蘇の組合せはヘンだけれど、絢子は振袖を束ねて、俊男のあとを廊下をついて行った。

枯芝の庭の一劃《いっかく》が茶庭風に作られて、そこに面している十畳の間の卓上に、屠蘇や重箱の一式が置いてあった。

二人で盃《さかずき》のやりとりをして、改めて、

「新年おめでとうございます」

と頭を下げると、新しい年のはじめの清々《すがすが》しさが胸にしみた。

二人は正月らしく、多少改まって、さりげない話をしていたが、俊男が突然、

「いつか暮のパーティーでは、おふくろが君をさんざん悩ましたろう」

と、今まで黙っていたことを言い出した。

「いいえ、とてもたのしかったわ」

「君は嘘をついている」

「嘘ではないわ」

「あれが愉しいわけがないよ。英国の貴族の称号の、ライト・オーナラブルがどうとか、レディとザ・レイディがどうちがうか、とかそういう話を、耳にタコが出来るほどきかされたろう」

絢子はだんだん話題が、面白くない方向へ行きそうになるのを警戒していたが、もう止《と》めようがなかった。

「ええ、でも結婚したら、そういうお客をしょっちゅうお招きしてパーティーをしなければならないから、その準備に教えて下さったのよ」

「そんなパーティーをしなければならないって、誰が決めたんだ」

絢子は賢明な返事をした。

「それはあなたがお決めになることよ」

「僕はやらないよ」

「そう……」

「君はやってほしい？」

それはむつかしい質問だった。下手に答えれば、滝川夫人の顔をつぶすことになるのである。絢子は黙っているほかはなかったが、さっき「結婚したらそういうパーティーをしなければならない」と言った自分の声の調子に、しらずしらずこもっていた不満を、俊男に嗅《か》ぎつけられたのがまずかったのだ。

「君だって、ライト・オーナラブルだの、デイム誰それだの、そんな連中と附合うだけが人生の目的だとは思わないだろう。おふくろの下らなさはそこにあるんだ。第一、そんな附合をして何の利益があるんだ。商売上の利害は別としても、何のたのしみもないじゃないか。そんなことばっかりを大切にするウソの人生を、僕は送りたいとは思わないよ。もちろん、そういう連中とやむをえず附合わねばならぬときの、扱いだけは知っていて損はないだろうがね」

「お母さまもそれを仰言《おっしゃ》るのだと思うわ」

すると俊男は又スッと黙ってしまった。

盃の朱いろの漆の底に盛り上った梅の金蒔絵《きんまきえ》は、屠蘇ののこりのねっとりとした透明な膜を透かして、今描いた花のように新鮮に見えた。

「それはそうと」と俊男は、かすかに眉《まゆ》を曇らせて、お正月らしくない暗い表情になりながら、

「あれは余計だったな。君がおふくろに、僕が何故一人ぼっちだったか、なんて訊《き》いたのは。僕はうっかり君に何も言えないよ」

絢子のほうでも、この母子の、細大洩《も》らさぬ報告の習慣におそれをなしていたが、持前の素直な性質であやまった。

「ごめんなさい。でも、お母様はとても可愛らしい説明をしていらしたわ」

「ロボットの話だろう」

「そう」

「どう思った」

「可愛かったわ」

「よし。僕の書斎へ行こう」

と俊男はいきなり立上ると、絢子の手をとった。

――今まで俊男の書斎へ入ったことがないのは、許婚の身としてヘンなことでもあったが、お互いの遠慮から、まだあまり内輪なところを見せ合っていない段階だったと云える。

二階に上ると、つきあたりが彼の書斎で、実は亡くなった父親の書斎をそのまま使っているのだと云ったが、実に立派なものだった。天井まで本に埋まり、その最上階の本棚にレールがついていて、梯子《はしご》の上辺がこのレールにかかっており、どこへでも梯子を滑らせられるようになっていた。窓はイギリス風の、面取をした硝子《ガラス》を八枚ずつきちんとはめ込んだ窓で、その面取の部分がプリズムの作用をして、虹《にじ》のかがやきを見せていた。

「ここがおやじの形見の外交や国際政治関係の原書の棚、ここが政治・法律・経済、ここがフランス文学、ここがドイツ文学、ここが心理学、ここが美術書……」

と彼はひとつひとつの棚を案内して廻《まわ》った。

「みんなお読みになったの？」

「ああ……みんな」

と彼は何の興味もなさそうに答えた。

「僕は子供のとき、自分のロボットをこの部屋へ連れて来て、ここの本をみんな読ませようと思ったんだ。これだけの知識があれば、ロボットは何でもできる。それで、目盛はできるだけ細かく、できるだけ沢山の項目を入れるようにしたんだよ」

渋い焦茶いろの絨毯《じゆうたん》の上に、窓の格子なりの温かい冬の日光が落ちていた。俊男は、直立不動の姿勢で立つと、子供のように美しい微笑を浮べて、絢子に言った。

「僕はロボットだよ。さあ、僕のダイアルを廻してごらん。これがそうだ」

と紺の背広の上着の釦《ボタン》を指さした。

絢子はつられて、笑いながら近づくと、釦を仔細《しさい》らしくひねくり廻しながら、

「ここには何て書いてあるのかしら？」

いきなり俊男の手が機械的に伸びて、絢子を羽交い締めにすると、接吻《せつぷん》してきた。

長い接吻のあとで、

「バカだなあ。そこにはこう書いてあるんだよ。『このロボットはキスもします』って」

「じゃ、ここは？」

今度は俊男は、絢子の体を軽々と抱き上げて、部屋のなかを一トまわりした。

「いやあ、いやあ、離して」

と絢子は笑って叫ぶうちに、すっかりこの子供らしい遊戯にとけ込んで、

「何て書いてあったの？　何て書いてあったの？」

と金切声できさつづけていた。

「このロボットは重い荷物を運んでどこへでも行けます」

二人は、多少の屠蘇の酔も手つだって、狂おしいほど、子供らしい熱中のとりこになった。又、絢子がボタンを廻して、

「ここには何て書いてあるの？」

ときいて俊男の顔を見上げたとき、俊男の目には何か見知らぬ光がよぎった。

「本当にそんなところへ廻していいのかい？」

「だって、わからないんですもの」

「他へ廻せよ。そこは危険だ」

「だから、何て書いてあるの？」

「それは言えない」

「言ってよ」

「言えない。でも、君がダイヤルをそこへ廻したら、それは君の責任だぞ」

「よした！」

と絢子は、いそいで右へ一トひねり釦をひねった。すると俊男は朗々と、ドイツ語を喋《しゃべ》りだした。

「マイン　ゲブルツオルト　ラーク　アウフ　アイナー　アインザーメン　ラント

ツンゲ　ディー　ジッヒ　ノルトオェストリッヒ　フォン　デア　シュタット……」

これならば、きかないでも、「このロボットはドイツ語も喋れます」という意味に決っているから、絢子は又ダイヤルを廻したが、今度は俊男が、茶目ッ気のある口調で、「シュー・クリームの作り方」を伝授しはじめたのにはおどろいた。こんな風にして、二人はこの他愛《たわい》のない遊びに熱中して我を忘れていたが、もう一トひねり絢子がダイヤルの釦をまわしたとき、再び俊男の目に暗い光が現われて、

「又、さっきのところだぜ。いいのかい。危険だよ」

と云うなり、絢子を抱きしめて倒れかかってきた。

絢子は絨毯の上へ倒れ、俊男は、きちんとした背広のまま、絢子の着物の上へ身をのしかからせて来て、喘《あえ》ぐように何度も激しい接吻をした。絢子は彼の唇が顔から頸筋《くびすじ》へまで移るのを防ぐことができず、世界が万華鏡のように色硝子の破片の組合せを刻々に変えてゆくのを見るような、ぼんやりした気持にひたって行った。

俊男の手が、絢子の裾《すそ》にかかり、そこを展《ひろ》げようとする勢いに、思わず絢子が身を固くして抵抗したとき、書斎の重いドアが、ノックもされずに突然あいた。

二人はギクリとして身を起した。毛皮のコートのままの滝川夫人がそこに立っていた。

「何をしているの、あなた方」

と妙におちついたやさしい声がそう言った。

15

滝川夫人が、書斎の床の絨毯《じゅうたん》の上にもつれ合っている息子と許婚《いいなずけ》の姿を見て示した態度は、あっぱれと云えるものであった。

「何をしているの、あなた方」

などと言わなければなおよかったにちがいないが、これは夫人の言葉がいつも多すぎるためであって、非難できない。夫人の好きなイギリス風に徹底すれば、

「あ、これは失礼」

と言って、見て見ぬふりで、ドアを閉めて立去ればいいわけだが、咄嗟《とっさ》の場合とて、夫人はそこまでエチケットに忠実でありえなかった。

夫人は、裾《すそ》の乱れを直して立上る絢子へやさしく近づいて、

「あらあら、可哀想に。坊やにいじめられたのね。あんな子、あとでうんと叱っておくから、気にしないでね。さ、私の部屋へいらっしゃい」

と矢継早に言った。その間、俊男は、サッと身をひるがえして、書斎の窓のところで、戸外をじっと見ているふりをしていたが、その肩は、怒りと恥に慄《ふる》えていた。

絢子は泣きだしたい気持だったが、又しても母子の板挟《いたばさ》みになってしまった。今までの子供らしい夢のような昂奮《こうふん》は、床に落したコップのようにみじんに割れ、俊男の背中を見れば、それにすがりつくのは屈辱的に思われ、母親について行けば、俊男のさびしさを見殺しにするように思われ、そうかと云って、母親をふり切れば、明らかに角の立つ振舞になる。……

絢子はもう一度、窓の俊男のほうへ目をやった。広い背が、何かひどく寂寥《せきりよう》を湛《たた》えて見えた。濃紺の背広の見事な仕立が、彼の背中を若い将校の軍服の背中のように見せていたが、絢子はその背に拒否を読んだ。もし彼が冗談にまぎらして、こちらをふり向いて笑ってくれたら、と願ったが、それは叶《かな》わぬ望みだった。

――夫人はそんなことには一切おかまいなく、絢子の手をひいて、どんどん自分の部屋へ行った。

夫人の部屋は、白地に金の縫取のあるベッド・スプレッドが、堂々と中央を占めていたが、そこに、Tの頭文字がみごとな金糸の花文字で縫い取られているのに絢子ははじめて気づいた。

「さあ、ここへおかけなさい」

と夫人はベッドの上を指さして、絢子と二人で仲良く並んで腰かけると、世にもやさしい甘い声で、

「ごめんなさいね、絢子さん。俊男の代りに私からお詫《わ》びするわ」

と言われて、絢子は泣くこともできなくなってしまった。この冷静でやさしい言葉は、社交的には完璧《かんぺき》だったが、何だか今の絢子の気持にとっては、とてつもなく見当外れに感じられた。夫人はさらに言った。

「あの子の我儘《わがまま》には本当に困ってしまう。こんなことがありはしないかと心配していたの。私の監督不行届をお詫びするわ。きょうのことは、お母様にも絶対に黙っていて下さるわね。そうでないと、私の恥になるから」

「ええ、それはもう」

と絢子はうつむいたまま辛うじて答えたが、それがあたかも、「あなたの恥になるから」という意味の婉曲《えんきょく》語法であるかのようにきかれた。あんなに人の裏を見ない絢子が、知らない間に、こういうものの感じ方をするようになったのはふしぎだった。それが滝川夫人の、言わず語らずの感情教育だったのであろうか。

そのあいだも絢子の心は、たえず、一人残してきてしまった俊男の上を心配していた。

夫人は、じっと何か考え事をしながら、亡くなった良人《おっと》の肖像写真へ目をやっていた。それは見るともなしに見ているという風情で、生前の良人に対したときの彼女のやさしいぼうーっとした愛情を、よく想像させるに足りた。この人はきっとこんな風に、茫然《ぼうぜん》と良人を愛していたにちがいない。自分の考え事や、自分の放心のあいだにも、いつも多少は良人の影をにじませて。

部屋には一切の「お正月らしさ」がなかった。滝川家では、日本的なお正月を一切合財あの日本間へ押し込めて、それで満足しているらしかった。窓から見える空は、黄塵《こうじん》を吹き上げる風にまぶされて、多少その青が、使い古したカーテンのように色褪《いろあ》せてみえた。

「今ね、私、考えていたのだけれど、もう、こうなったら、結婚式が一日も早いほうがいいと思うのよ。愛し合っているのだし、遷延する理由は一つもないわ。あとは、二人の住居の問題だけれど、今から手を打てばどうにかなるし、……それにもう一つは、あなたの学校の問題だけれど、どうかしら、その点は。やっぱり、絢子さん、卒業してしまいたい？」

こうきかれると絢子は、かねがね怖れていた最後通牒《つうちょう》をつきつけられた思いだった。実際、学校の勉強をそれほど一生けんめいやっているわけではなく、専攻の研究課目があるわけではなく、そんなに学校に愛着があるわけでもないのだが、もうちょっとでキマリがつくものを、その前に止めるのは、あまりにも人生に引きずられすぎているという感じがする。俊男に引きずられるのはいいが、人生に引きずられるのはイヤなのである。

絢子はこの問題をつきつけられると、却《かえ》ってさっきの気まずさから癒《い》やされる気がして、いかにも深刻にこっちの問題で黙りこくっていることができた。滝川夫人はさすがにそれ以上押して来ず、

「まあ、それは今、ここで伺っても仕方のないことね。御両親とも相談なさらなければいけないし。……あら、私、忘れてた。まだコートを着てた。家の中で外套《がいとう》を着ているなんて、戦争時代の冬を思い出すわ」

と夫人はミンク・コートをさらりとベッドの上に脱ぎ捨てた。ベージュ色の裏地が柔らかくひろがると共に、夫人の、目をおどろかす黄いろのカクテル・スーツと大粒の翡翠《ひすい》の頸飾《くびかざり》があらわれた。皺《しわ》の重なった咽喉元《のどもと》にかかる翡翠の一列は、あたかも、廃墟《はいきょ》の欄干にかかる蔦《つた》のように鮮やかだった。

――丁度いい汐時《しおどき》だと思ったので、

「今日はもう失礼いたしますわ」

と絢子が言うと、夫人は決して、

「あら、御飯を上っていらしたら？　私はそのつもりでいましたのに」

などという日本的な挨拶《あいさつ》をしない人で、

「そう、もっとゆっくりお話ししたかったのに残念だわ。でも本当に愉しくお話しができて。絢子さんとお話ししている時ほど、私にとって愉しい時間はないのよ」

と英語の直訳みたいな挨拶をして、自分から席を立った。

「俊男を呼びましょう。お送りさせるわ」

「いいえ、よろしいの」

と絢子は避けるように忙しく玄関へ急いだが、避ける必要もなかった。

「俊男！　俊男！」

と夫人が家中のドアをあけて叫んでまわっても、彼はいず、召使から「先程、急にお出かけになりました」と告げられたからである。

16

その晩、絢子《あやこ》は俊男の夢を見た。それは大きな暗い、本ばかりの部屋の真中で、俊男はロボットになってしまっていた。絢子が入ってゆくと、俊男は、ロボットの機械を通した音声で鈍重に挨拶したが、金属と硝子《ガラス》のその目は動かなかった。

「可哀想に！　可哀想に！」

と絢子は、そのロボットに抱きついて泣いている。二度と彼が人間に戻れないことを知っていたからである。

……しかし目がさめてみると、その、

「可哀想に！　可哀想に！」

という言葉が、夫人が絢子を抱いて言った言葉だったことが思い出され、ひどくイヤな気がした。

その日心待ちにした俊男の電話はなく、あくる日一日もなかったので、絢子は不安になった。こちらからあやまることは一つもない筈《はず》であるが、それでいて、こちらが悪かったような気持へ追い込まれるのは、いつかのパーティーの時と同様で、絢子はふと、それがいつも同じように仕組まれた罠《わな》ではないかという気がした。もちろんそんなことはあろう筈はない。あろう筈はないけれども、邪推すれば、滝川母子《おやこ》が共謀してしつらえた罠みたいにも思われる……。

一日おいて俊男から、陽気な、あっけらかんとした電話があり、絢子は深くはこだわらない性質《たち》で、すぐその日のデートに応じた。そしてその日のデートは、大そう愉しく、俊男も明るく上機嫌だったから、彼の持っている魅力が素直に流れ出た。学校の卒業がどうこうという話も全く出なかった。絢子はすべてが幸福な日々の流れへ戻ったような気がした。

しかし、夜会服の生活は、又襲ってきた。今度は滝川夫人の亡夫の親友の銀婚式で、この人は華族出でイタリー大使を勤めたことがあり、今は現役ではないが、外交官の慣例に従って、なお大使と呼ばれており、外人からは今以《もっ》て男爵《ベロン》と呼ばれていた。

杉沢大使の夫人は、むかしの枢密顧問官の娘で宮中に縁の深い家柄だったから、銀婚式にはある宮家の妃殿下も御出席になり、妃殿下に敬意を表して、ブラック・タイという指定があった。

そこで所定の時間より一時間前に、稲垣家へ迎えに来た滝川母子は、堂々たるいでたちだった。夫人の服装はもとより、ちゃんとしたドミ・トワレットに毛皮の外套をしていたが、はじめて見る俊男のタキシードのよく似合うことに絢子は今更ながらおどろいた。

大体日本人でタキシードの似合う人は少なく、これぱかりは黒紋付の羽織袴《はおりはかま》で外人に対するほかはなさそうで、殊に英国系の見事な白髪の老人などが、バラ色の頬をして、長身痩軀《そうく》鶴の如く、やや傲岸《ごうがん》な目つきであたりを見廻《みまわ》しながら、毎夜着馴《きな》れたようなディナー・ジャケット（タキシードの英国名）で佇《たたず》んでいる有様などは、日本人が逆立ちしても及びもつかぬシックなものだが、それにしても、日本の青年がこのごろ着だしたタキシード姿は、物欲しげで見るに耐えないと絢子は思っている。ＴＰＯだなんてさかしらに言うけれども、服装というものは、「どうしてもこれを着なければならぬ」というやむをえぬ必要から生れるもので、日本人の青年の九割九分までは、ブラック・タイの招待など受ける機会がある筈もないのである。

赤ん坊のヨダレかけだって、必要あればこそ似つかわしく見えるので、四十男が必要もなしにヨダレかけをかけていたら、どんな風に見えるか。

俊男のタキシードは、何の変哲もないミッドナイト・ブルーのへちま襟のシングルで、拝絹《はいけん》の光沢を沈めた襟の感じから、黒オニッキスの胸ボタン、蝶結《ちょうむす》びの黒タイ。すべてが彼の体から来る健康でいてどこか憂鬱《メランコリック》な風情にぴったりしていて、純白の折襟からすっくと立てた首と頭部の誇らしい美しさは、サラブレッドの名馬を見るようだった。

絢子もあわてて仕立てた黒のディナー・ドレスで裾《すそ》は若々しく短かめだったが、左右不均衡の裾の合せ目に、デザイナーの苦心があった。滝川夫人はこれを見るなり、

「いい御趣味だわ。本当にいい御趣味」

と絶讃《ぜっさん》した。

丁度稲垣氏も早く帰宅していて、応接間に一家が集まったが、今までの稲垣家の雰囲気から見ると、急に仮装行列の一隊が繰り込んだかのような風情だった。カーディガン姿の稲垣氏と、ふだん着の和服の稲垣夫人は、何だか召使風に見えてくるのだった。

一同がざわざわと出発すると、稲垣夫人は溜息《ためいき》をついて言った。

「何てパーティー好きの御一家でしょう。ただパーティーのために生きているみたいね」

「人それぞれに生甲斐《いきがい》というものがあるさ」

とすでに微醺《びくん》を帯びている稲垣氏は、ばかに御機嫌な様子で答えた。

「でも日本の現実とはずいぶん遊離しているみたいですわね」

「そりゃヌカミソからは遊離してるさ。外交官ってそんなものだろう」

「でも……」と夫人はどうしても「でも」を連発したいように見えた。「ときどき空しくおなりにならないかしら。あんなに派手な御交際ばかりで」

「そりゃ滝川夫人は空しくはならないだろう。あれが唯一の情熱なんだから。しかし俊男君の顔を見たかい？　彼は好加減《いいかげん》うんざりしているね、俺のみたところじゃ。若い世代の生活感情は又別さ。案ずることは何もないよ」

「でも……絢子が可哀想ですわ」

「どうして可哀想なんだ。あんなお似合いのカップルはないじゃないか。今日の絢子の新調の洋服も全く気品があって、あれなら滝川夫人が感嘆するのも無理がない。それに女の子というものは、きれいなおべべを着る機会が多ければ多いほど喜ぶものじゃないのかね」

「そんな簡単なものじゃありませんわ。男はすぐそうやって、女を簡単に見てしまうのです。あなたは、少なくとも私には、あんまり好いきものを着る機会を与えては下さいませんでしたわね」

鉾先《ほこさき》がこちらへ向ってきたので、稲垣氏は危険を察知して黙ってしまった。稲垣夫人が良人《おっと》に愬《うった》えかけようとしているのは、ただパーティーや着物のことではなかった。それは表面にすぎず、もっと心の奥にわだかまっている不安を良人に察してもらいたかったのである。しかし会社の仕事のほかには一切神経を使わないようにしているこの良人相手では、何を言っても無駄というものだった。

17

麻布《あざぶ》の杉沢家の門前の暗い道には、お客の車が列をなしているかたわらに、二三人の警官が、寒夜をうろうろしていた。雪になりそうな、底冷えのする晩であった。警官たちは、妃殿下の護衛に来ていたのである。

「二・二六事件のころを思い出さない？」

と車の窓の、煖房《だんぼう》の曇りを拭《ふ》いてそれを覗《のぞ》きながら、滝川夫人はうきうきとした声で言った。

「二・二六といえば三十年前でしょう。お生憎様《あいにく》。僕の生れたのはその翌年ですからね」

と俊男は車を器用に幅寄せをしながら答えた。

「だって、私は忘れもしませんよ。あなたのお祖父様《じいさま》が狙われなすったのだものね。どたん場でリストから外されたのでよかったけれど、そこはそれ、お祖父様は身をかわすのがお上手だったから」

「身をかわすって、つまり情報を買ってたわけでしょう。あんまり自慢になる話じゃないな」

と俊男は冷淡に言い捨てて、車を下りると、後部座席のドアをあけて母を下ろした。

「おお寒い。絢子さん、風邪をお召しにならないでね」

「おそれ入ります。大丈夫」

絢子はミンクのストールを首のまわりへ固く巻きつけた。

一歩邸《やしき》の内部へ入ると、頬がゆるむような温かさだった。間接照明の中から、女たちの白い背中や、男たちの白いカラーの襟元が、煙草の煙に巻かれてくっきりと浮んでいた。ハバナ葉らしい葉巻の匂いもした。

「いい葉巻の匂いがする。私、大好きだわ、この匂い」

と滝川夫人はこういう夜会へ一歩踏み入るだけで陽気になった。

主人の元男爵が出てきて、その顔にシミの出ているほどの白髪の老人が、いきなり滝川夫人をつかまえて、外国風に頰っぺたへキスをしたのには絢子もおどろいた。キザもここまで来れば大したものだが、滝川夫人はますます嬉《うれ》しげにこう言った。

「銀婚式おめでとう。でもあなたはまだまだペイパー・ウェディング（紙婚式）ほどにお若いわ」

「これはどうも結構なお世辞をありがとう。青髭《あおひげ》七人目の妻のペイパー・ウェディングなら有難いが、ごらんのとおり物もちがよくってね」

と老人は片目をつぶって、向うでさかんに外人と話している妻のほうを目で示した。

　夫妻に絢子が紹介され、みんなそろって、来賓の妃殿下に御挨拶《ごあいさつ》に上ることになった。妃殿下は女官と並んで長椅子にかけておいでになった。水あさぎに御所風の裾《すそ》模様《もよう》を召した妃殿下は、明るい御微笑でいつもながらの明確な、歯切れのいい話し方をなさった。

「まあ、御令息のフィアンセ？　おきれいな方ね。馬をあそばすのですって？」

「はい。ほんの少し」

「清原宮《きよはらのみや》の妃殿下が馬をあそばすのを、お止めする方があるそうですけれど、スポーツは危険と云ったら、何でも危険でしょう。これからの方は、何でもなさるのが一番よ」

「妃殿下、あんまりおそそのかし遊ばしませんように」

とそばから滝川夫人が嬉しそうに言った。

——それから滝川夫人は旧友たちに取り囲まれてしまい、俊男と絢子はやっと二人きりになれた。

「二人でここからこっそり逃げ出さないか」

と俊男が耳もとで言った。

「だって、お母様が心配なさるわ」

「たまに心配させたほうがいいんだよ」

「だって……」

「又、そうやっておふくろに気を兼ねる」

「仕方がないわ」と絢子は言いかけて、あなただって、と言おうとしたがやめにした。

「まあ、いいや、あとでチャンスを見て連れ出すから、そのへんを泳いでいろよ」

「まるで金魚ね」

俊男は知り合いのイギリス人につかまって、何だか忽《たちま》ち、日米外交の将来とベトナム問題、などという大問題に巻き込まれているらしかった。

二人が夜会服のまま夜会から脱け出すという考えは、思うだに心の躍るような考えであるが、絢子は正直、その及ぼす結果のほうが怖ろしかった。たしかに俊男は、母に黙って、母を置きざりにしようと言った。それがどんなに母を悲しませることになるか、俊男にわからない筈《はず》はない。しかしもっと困ることは、そのときの滝川夫人の悲しみが、絢子の目にありありと映っていることなのである。もし絢子が滝川夫人に冷たい意地悪な感情を持っていたら、問題はどんなに簡単に片づくかしれない。困ることは、そうではないことなのである。

彼女は人のざわめきごしに滝川夫人のあらわな背中を見、又馬術の話をしているらしい高声《たかごえ》を伝えきいた。

『もし自分がこっそり夫人に俊男の企図を打明け、俊男には内緒で、夫人の許可を得たらどうなるだろうか』

それは大いに成功の公算のあるやり方で、悪戯《いたずら》好きの夫人は、若い二人が自分の黙認の下に自分を置いてき堀にすることを、面白がるにちがいないが、絢子にしてみれば、未来の良人《おっと》に対して、それはいかにも卑劣なやり口だった。それが一番無難なやり方と知りながら、絢子はどうしても敢《あえ》てすることができなかった。姑《しゅうとめ》とグルになって良人をだまかすなんて高等戦術は、ずっとあとになって、良人が浮気でもはじめた時で遅くあるまい。許婚《いいなずけ》時代にそんな外交的手腕はふるいたくなかった。たとえ、もとは心のやさしさから出ている外交手段だとしても。

「稲垣さんじゃない？　お久しぶり」

見ると、絢子は声をかけられた。

見ると、級友のお姉さんで二年ほど前、或る実業家と結婚した美しい人だった。

そこの家へたびたび絢子は遊びに行ったことがある。

「滝川さんと御婚約ですって。ステキね」

と彼女はあけすけに、

「でも、お母さまが物凄《ものすご》いでしょう」

「あら、そんなことなくってよ。とてもいい方」

「私にそんな外交官みたいな口をおききになってもダメ。でも、滝川さんなら、万難を排してもキャッチする気になるのは、女として私もよくわかるわ。私の主人なんか、まるでガンモドキ的風貌《ふうぼう》だもの。男だって、やっぱり見た目は大切だと思うわ」

絢子はもてあましたが、客はなおふえる一方で、ひろい客間の古風なシャンデリアは、煙草の煙の雲の棚引く中に霞《かす》んでみえた。

それから絢子は、彼女の紹介でさらに外務省の局長につかまり、次にノルウェー大使につかまった。

そうこうしているうちに、ふと向うの壁際で、滝川夫人の耳もとで何か話している俊男の姿が目についた。夫人はしきりにうなずいたり、首を振ったりしていたが、俊男がいつのまに人ごみをかきわけて、母親のそばまで行ったか絢子は気がつかなかった。

それから又、絢子は知人に会って、会話の渦に巻き込まれ、俊男の動静を窺《うかが》っている暇がなくなった。酒を呑《の》まずに、全く素面《しらふ》で、このお上品な喧騒《けんそう》に耐えてゆくのは並大抵ではないが、そのくせお世辞のうまい外人から、

「私が日本へ来てから見たうちで、もっとも洋服の着こなしの巧い若い女性こそ、あなただ」

などと言われたり、

「婚約なさってから又一段とおきれいにおなりになって」

などと見え透いたことを言われたりしても、そのたんびにいくらか気分が快《よ》くなって、退屈から救われたりするのだから、始末がわるい。

絢子の肱《ひじ》がうしろから軽くつかまれた。

「出よう」

と俊男の甘い男らしい声が耳もとで囁《ささや》いた。

「大丈夫」

「委《まか》せろよ」

「じゃ、お言葉に従いまして……」

と絢子はおどけて、うきうきした気持で、俊男に指を握られて、出口へ向って、人ごみを縫って行った。

18

タキシードとディナー・ドレスで出奔して、まずおかしくない行先は、ナイト・クラブぐらいのものだろうが、絢子は、多少罪の思いに胸をドキドキさせていることが、たのしみの期待を切なく高めるのを知った。そこで行先を根掘り葉掘りきかずに、すべてを俊男に委《まか》せる気になっていた。

いつもの公認されたデートとちがって、俊男の運転ぶり一つにもスリルが感じられ、窓外に走る冬の町の灯火も新鮮に見えた。このままどこか知らない国へ行ってしまったら、どんなにすてきだろう。

「僕の行くところへどこへでもついて来るね」

と俊男はハンドルを軽く動かしながら、キッカリした横顔を見せたまま言った。

「うん」

と絢子は彼の肩へちょっと重みをかけて、甘えて答えた。自分の隣りにいるのは自分の許婚者《いいなずけ》だという感じが、大きく強くひろがってきた。

車は都心へは行かずに、並木のある大きな通りへ入って、やがて、「マンション・リッツ」

と洒落《しゃ》れた表札を出した新らしいマンションの前に着いた。絢子も何かの週刊誌で見たことがあるが、各室とも日あたりのいい、もっともエレガントな設計のマンションである。

『どうしてこんなところで下りるのだろう。ここの地下にナイト・クラブでもあるのかしら。それとも俊男さんは、何か秘密クラブの一室へでも私を連れて行くつもりなのかしら？』

と絢子が考えていると、俊男は、地下駐車場から階段を上って事務室へ行き、そこの人間といかにも親しそうに何か話して、やがて片手に鍵《かぎ》をチャランチャラン云わせながら事務所を出てきた。そしてエレヴェーターへ絢子をのせると、8の字のボタンを押した。

絢子はおちつかない気持で、八階で下りた。こんな服装で踊りにゆく期待ばかり持っていたので、（もっともその期待はあんまり月並すぎたが）、どんどん淋《さび》しい場所へ入り込んでゆくのが不安だった。エレヴェーターを下りると、濃紺の毛足の長い絨毯《じゅうたん》が廊下をおおっており、靴音一つ立たなかった。

821という金属でできた数字が、白いドアに浮んでいるところへ来ると、俊男は鍵をまわして、ドアをあけ、中のあかりをつけた。

アトリエのようなガランとした部屋があらわれ、中央に敷かれた豪華なペルシァ絨毯の暗い花もようが浮び上り、そこに二三脚の椅子がぞんざいに置かれているほかは、家具は何もなかった。

「どなたのお家《うち》?」

「君のだよ」

と、俊男は、うしろ手にドアを閉めながら言った。

「え?」

とおどろいて見上げる絢子を、すばやく抱いて接吻《せっぷん》すると、俊男は部屋にひびきわたるような朗らかな声で言った。

「この部屋へ君をつれてきて、まず接吻《キス》するのが、僕の考えていた大事な儀式だったんだ。もっと家具が揃ってからのほうがよかったけれど、早まりすぎたかな。でも、とにかく、今夜どうしても連れて来たかったんだ」

と俊男は熱っぽく饒舌《じょうぜつ》になって、

「このペルシァ絨毯、おやじの形見なんだ。きれいだろう。デパートの売り立てなんかじゃ絶対にみつからない逸品だよ。この椅子は本当のチューダー・スタイル。イギリス製だ、もちろん。それから……」

と彼は絢子の手を引張って、次の間へ駆け込んだ。その部屋にはみごとに何もなかった。

「ここはベッド・ルームだ。ベッドは今作ってるところで、もう一週間もしたら入るだろう。ナイト・テーブルは、フランス骨董《こっとう》のやつを家《うち》から持ってくる」

そうして引張り廻《まわ》されながら、絢子も、俊男の熱気にのせられて、はしゃいだ気分になり、一つ一つ、来るべき家具を説明するたびに接吻してくる俊男に応《こた》えながら、幸福と不安の入りまじった動悸《どうき》を感じているうちに、

「さあ、踊ろう。ここで二人きりで夜会服で踊るのが、一番シックだぜ」

と俊男が言った。

「音楽は？」

「心配御無用」

と俊男は作りつけの台所の棚から、トランジスター・ラジオをもってきて、ダンス曲を流して、それを床に置いた。

「さあ。メイ・アイ・テイク・ジス・ダンス？」

と彼は外国式に丁重に申し込んだ。

このワルツは美しかった。俊男はペルシァ絨毯を靴先で丸めて、踊りの空間をひろげると、絢子の手をとって巧みに踊りはじめた。バルコニーへ出る一枚ガラスの扉に、夜会服姿の二人のダンスが映って、絢子は夢みるような気持になった。

そうして踊り終る迄《まで》は、こよなく仕合せだった。二三曲踊ると、

「咽喉《のど》が乾いたね」

「ええ」

「ここで待ってろよ」

と俊男は一人で台所へ入ってしまった。すでに備えてある電気冷蔵庫から、氷や飲物を出しているらしい音がきこえる。

絢子は椅子の一つに掛けて、台所と間遠《まどお》な会話を交わした。

「いつ、この部屋をおとりになったの？　知らなかったわ」

「二週間前だ。君をおどろかそうと思って、内緒にしていたのさ」

「いい部屋だわ」

「気に入ったかい？」

「壁紙なんか、選ばせて下さる？」

「これからはすべて相談しながらやるよ」

「家具がクラシックだから、合せなくてはね」

「そうだよ。あんまりモダンじゃ困る」

——男の不器用は俊男も同じと見えて、冷たい飲物の仕度は長くかかった。

そのうちに、急に絢子の胸に重苦しいものがのしかかってきた。正月に滝川夫人が「結婚を急がなくては」と言った言葉と、この独断専行の新居の用意とは、あまりに符節が合いすぎている。今ここにこうしていても、二人は本当に二人きりではないのではないか？

一枚ガラスのドアに映った自分の顔が、絢子は、へんにイヤな女の顔に変ったような気がしながら、心は、さっき滝川夫人の耳に囁《ささや》いていた俊男の姿の記憶に巻きついてきて、つい、言わでものことを言ってしまった。

「ねえ、今夜私たちがここへ来ていること、お母様は御存知なんじゃない？」

——台所の音がパタリと途絶えた。

19

酒の仕度をしている俊男のその物音が途絶えたことで、絢子には、ここへ来たことが、滝川夫人の承諾ずみだということがはっきりわかってしまった。この直感の正しさは疑いようがなかった。

しかし絢子は賢明にその場に処した。

言わでものことを言ってしまったことで、もう十分に我を通したのだから、それ以上我を通す必要はなかった。

やがて作った飲物を持って出てきた俊男は、何か急に疲れた、荒れ果てたような顔をしていたが、その顔を見ると、絢子はそれ以上、何も追究する気にもなれなかったし、又、自分のせいで俊男を不快にさせてしまって、悪かったというやさしい気持も起きた。

絢子がそういうやさしい気持になっても、一度こだわりが生じたあとでは、二度とさっきの愉しい時間は戻って来なかった。俊男が絢子の質問に対する答を、ついにしなかったことが、そしてそれからさりげない話題を選びながら、結局あの質問については避け通したことが、このこだわりの何よりの証拠だった。絢子にできる最上のことは、こんな俊男の態度に、にこにこして調子を合わせていることであった。心はもう融《と》け合わず、そうかと云って喧嘩《けんか》にもならないのが、不透明でたまらない感じがした。

……………………。

こんなことがあって四、五日のちに、松本製薬社長が、稲垣家を訪れてきたのである。社長は当然、両家の縁組の媒酌人を勤めるべき人だった。

薬品業界のボスともいうべきこの大物が、暮夜親しく稲垣氏の私宅へ駕《が》を枉《ま》げるということは、ゾッとするほど異例な光栄で、何であれ、そういう形で頼み事をされれば、断われない立場に稲垣氏はいた。

会社から早く帰宅して、老社長の訪問を待つあいだ、稲垣保は不安に苛《さいな》まれながら、絢子にそういう顔を見せまいとする努力でコチコチになっていた。彼の不安は、いうまでもなく、

『婚約を破棄してくるのではないか？』

という不安であり、それが絢子を悲しませることになるという怖ろしい危惧《きぐ》だった。事業家としては辣腕《らつわん》のこの人も、娘のこととなると、正直さが顔にあらわれて、不安の内容ははっきり顔に書いてあった。しかも、こんな不安の内容を娘にさとられては、という固い表情が、いつもなら楽天的な彼を、とりつく島もない人間に変えてしまった。

とうとう耐えきれなくなって、彼は妻を書斎へ呼んでヒソヒソ話をすることになった。

「一体何の用事だろう。こんな改まった訪問では、常識的に言って、婚約破棄しか考えられないが、何かお前に思い当ることでもあるかい」

良人《おっと》の憂い顔に比べて、夫人は世にも幸福そうなつやつやした顔をしていた。内

心、婚約破棄の話だったら、どんなにいいだろうと思っていたのである。しかしそんな喜びをさとられては、良人にどれほど叱られるかわからないので、

「いいえ、別に」

と大人しく答えた。

実際、婚約破棄などという大事になるほどの失態を、娘の口からはきいたこともなかったし、絢子はいつも明るく平静な娘で、すぐイライラを顔に出すような性格ではなかった。

稲垣夫人も娘と同じ実際的で、しかも女らしい直感に長《た》けた性格を持ち、ただ年齢の関係で、多少娘よりヒステリックに見えるくらいのちがいがあった。そして娘のこのごろの顔つきを見ていて、悲劇的事態は毫《ごう》も感じられないが、もしそれが、婚約破棄に値いするほどの破局が来ていながら、絢子がそんなにケロリとしているなら、どんなにすばらしいだろうと考えるうち、いつしかこの希望的観測にあざむかれて、本当にそうなのかもしれないと思うようになっていた。もし本当にそうなら、良人の危惧なぞは笑うべきものになるのである。

こうして稲垣夫妻は、二人とも、別々な観点から、物事のうけとり方をまちがえていた。つまり一向に現実を直視していなかったことになる。

松本老社長の訪問を知らせる門のベルが鳴ったとき、一家は玄関にそろって出迎

えた。老社長は、いつもながらの元気なつやつやした笑顔で入ってきたが、その笑顔を見ても、稲垣保は、まだ悲報のカモフラージュだろうと疑っていた。

十分温ためられた応接間へ案内するとき、稲垣氏が、絢子に、

「お前は御遠慮しておいで」

と言うと、老社長は聞き咎《とが》めて、目を丸くしてみせた。

「何故です。御本人がおられなくちゃ、話もできない。さあさあ、お父さんの言うことなどきかずに、一緒にいらっしゃい」

と社長が絢子の肩を抱かんばかりにして応接間へ入ってゆく姿を見て、稲垣保はほっと安心した。これならわるい話ではないに決っている。

親子三人を目の前に並べると、老社長はたのしそうに一人でうなずきながら、又いつもの流儀で、長々しい余談からはじめた。

「いや、こんな夜分、お宅をおさわがせして全く申訳がない。年寄というものはセッカチで、えてして、こうやって人様に御迷惑をかける仕儀になる。どうぞゆるして下さい」

「とんでもございません。こんな陋屋《ろうおく》にお越しいただくだけでも全く光栄で」

「陋屋ですって？　冗談じゃありませんよ。実にいい趣味の応接間じゃありませんか。あの絵は、古径《こけい》かな。そうですね。簡浄な名画といいますか、それでいて、和

室にも洋間にも合うんだから、古径というのは偉い画家だ。いや、絵といえば、先年亡くなった或《あ》る大学教授が、ドラクロアの贋物づくりをやっておった、という話をきいて、私はおどろいた。この教授はもともとドラクロアきちがいで、ドラクロアの権威で、好きなあまりに模作をしていたのが、いつのまにか悪の道に踏み込んだのですな。まあ、デッサンの偽作ばかりだったようだが。

何しろ、その先生のところへ鑑定をたのみに行き、その先生が自分で太鼓判を捺《お》すのだから、これほどたしかなことはない。

それでこの先生が、金のために邪道に陥ったのかというと、そうではなくて、相当の財産家でありながら、そういうことをしておった。つまりですな、かげで舌を出して笑うたのしみのためにだけ、そういうことをしておった。ふしぎな人間というべきか、最高学府の最高権威がこんなことをする。人間の複雑多岐なことは、おどろくべきであって、薬なんかで治せる病は実にわずかなものだということを痛感します」

みんなは呆然《ぼうぜん》としてこの大演説をきいていたが、一体何の話がはじまるのかわけがわからず、その間に運ばれてくるお茶もお菓子も、老社長は喋《しゃべ》りながら、みごとに平らげていた。

「実は今日伺ったのは他でもないので、……いや、話がすっかり脇道へ外《そ》れてしまったが、脇道と云っても、私のは、脇道の又脇道で、どんどん行って、曲って曲って、ついには目的の方向へ向うようになっておるところは、一方通行ばかりのこのごろの交通と同じで、一番モダンな行き方かもしれない」

「社長も面白いことを仰言《おっしゃ》いますなあ」

「ここへ伺う途中も、まだ八時前だから、右折禁止が多くて、いやはや、右へ曲れば何でもないところを、左へ左へ折れて、又そこで車が立てこんでおって、……ほい、又、脇道へ外れたか」

絢子は思わず吹き出したが、こんな話しぶりは、却《かえ》って焦躁《しょうそう》を和らげて、空気をなごやかにする効果があった。

「私も責任上、こうやって夜分伺ったわけは、あれほど絢子さんの御卒業後という結婚のお約束を、ぜひ一ヶ月早めてほしい、という俊男君らのたっての御希望で、私が泣きつかれて、代理でお願いに上ったわけだが、これが延期のお願いだったら、何ともはや、伺いにくいところであるけれども、慶事吉事を早めるというのは喜びを増すことでもあり、向うの熱心熱意のあらわれでもあり、端的に云えばだ、『もう待ちきれない』という意思表示であるからして、私も若い者の気持になって、こうして、何とか二月一杯に式をあげたい、二月一杯というと、今からもう一ヶ月しかないが、招待状の発送その他を一日も早く手配をして……」

「一寸《ちょっと》うかがいますが」とすっかり陽気になって稲垣保は口をさしはさんだ。「一ヶ月では、会場の予約も無理かもしれませんし、招待状も忙しい方には一ヶ月前に届いていなければなりますまいし、もう少し先へ延ばしていただければ、絢子の卒業式を待ってと云わぬまでも、卒業試験を無事にすませてから嫁入りさせることができるのですから、お取り計らいで、そこは何とか」

「いや、それもそうだが、幸い、二月二十七日は黄道吉日であるし……」

「おや、もうそこまでお決めになったのですか。これは負けましたな」

と稲垣氏が軽薄に請け合いかねないので、夫人は、失礼もかえりみず、横から沈んだ一本調子の声でこう言った。

「あの、申しかねますが、それほどまで、お婿さん側の御意志で一方的にお決めになるものでございましょうか」

「いや、何もそれほどの……」

面喰《めんくら》った老社長が口ごもったとき、稲垣氏はあわてて、こわい目で妻を睨《にら》み、応接間には一瞬、ひやりとする空気が漂った。

しかし、老社長の回復がもっとも早かった。

「いや、こんなことは、実は、若い方同士のお話し合いで、もうかなり固まっていると思っておったので、大へん私の出すぎた申し分にきこえたかもしれんが、どうぞその点は平に御容赦下さい」

「いや、いや、社長、そんな……」

「そこで絢子さんの御意向だが、やはり、従前どおり、どうしても卒業式以後ということになさいますか……」

「それはもう、お料理はじめ御稽古《けいこ》事も、まだ何一つ仕込んでおりませんし、遅いほうがよほど……」

と母はもう一度敢然と口を出したが、老社長は歯牙《しが》にもかけなかった。

「それとも、御本人が、卒業以前でもよろしい、というお考えであったら、問題の解決はよほど楽になると思われるが、その点、絢子さんの御意向は？」

——こうして、絢子の次に発する一言を待って、みんなが絢子の顔を注視することになった。

絢子は今自分が人生の岐路に立っているのをさとった。

人生の岐路というと大袈裟《おおげさ》なようだが、何も絢子は、これを機会に結婚をあきらめるか否かを決めるというわけではない。あきらめるかどうかの問題は、大学の卒業だけのことで、絢子も感傷的に学校に未練をのこしているわけではないし、資格がとりたくてこれまで勉強してきたわけではない。女にとって大学の卒業よりも結婚のほうが大切なことぐらいはわかっている。ただ、今までは、卒業と結婚も、どっちも手に入れるつもりでいただけのことである。俊男を愛していることは疑いがないのだから、さっさと返事をしてしまえばいいようなものだが、ここへ来て絢子は急に迷ってしまった。

こう問いつめられてみると、今まで思ってもみなかった或る返事、すなわち、

『結婚はしたくありません』

という返事だって、急に可能になったような気がしたのである。

一体自分は心の底で、そんな返事をずっと用意していたのかしらん？

絢子は、何だか、お納戸色に濁った池の中に、ちらりと真鯉が黒い鰭《ひれ》をひらめかせた姿を見たような気がした。どう考えても、自分は一度もそんなことを考えてみたことがなかった筈《はず》であるが、追いつめられて塀を背にして立ちすくんだ瞬間、ぐらりとうしろにあく枝《し》折戸《おりど》に気づいたような感じである。

もしこの三人の前で、

『結婚はしたくありません』

と彼女がはっきり言い切ったら、一時はみんなも呆然とするにちがいないが、その決意は二度と引返せぬものになり、結局三人ともそれを呑《の》むほかはなくなるだろうし、俊男母子も、それに従うほかはあるまい。考えてみれば、今の瞬間の絢子はオール・マイティーなのだった。

もし自分がそう言ったら……。

絢子は目をつぶって、軽い吐息をついて、その可能性の世界を夢みた。そこは俊男も誰もいない、どこまでもひろがった自由の光りあふれる広野であった。どこまで駈《か》けて行っても咎《とが》める者もない。気をかねるべき人もいない。自分はその野の上に影を落して飛んでゆく一羽の小鳥になれるのだ……。

しかし、そこはあんまりがらんとしていすぎて怖かった。翼を休めるべき樹の枝一つない。どこまでもつづく野の果ては末枯《うらが》れて、代赭《たいしゃ》いろに染っている。

絢子は急に引返して、（この間、ものの一、二秒しかたっていなかったのだが）、今度は自分でもおやとおどろくほど、はっきりした口調でこう言っていた。

「卒業しなくてもかまいませんわ。俊男さんの仰言るとおりにいたします」

「絢子！」

と母がびっくりして娘を見つめたが、もう遅かった。稲垣保は、娘が自分の面目を救ってくれたことで、もっとも満足し、感謝に溢《あふ》れていた。この娘のためなら、どれだけの金を結婚費用にかけても惜しくない気がした。

「それを伺って安心しました。これで今夜参上した甲斐《かい》があったというものです。御両親にも御異存はありませんな」

「それはもう」

と稲垣保は二つ返事で答えた。娘のおかげで、業界における自分の地位は確乎《かつこ》たるものになったのだ。

「めでたし。めでたし。では、早速、電話で滝川家へ報告することにして……」

と、老社長は、「はじめは処女の如く、おわりは脱兎《だつと》の如し」という諺《ことわざ》そのまま、敏速に行動して、早速電話を借りて報告をすませると、何度も、

「めでたい。めでたい」

を連発しながら、すすめられるお酒に永居をして、忽《たちま》ち結婚式や披露宴の具体的な相談に入ったので、稲垣保は二度おどろいた。

「社長のお手廻《てまわ》しのいいのにもおどろきますなあ」

「ああ、この件は私に全権を委《まか》されているのでね。ということは、つまり、日時の点の我儘《わがまま》をきいていただいた以上、式次第披露宴その他は、すべて稲垣家の御意向どおりというわけだ」

とこちらの顔を立てた言い方をした。酒が廻るにつれて、

「子供はいそいでお作りなさいよ。このごろの若い人は、いつまでも二人だけで遊び呆《ほう》けていたいというので、なかなか子供を作りたがらない。あれはいけません。人生には、早く片付けておいた方がよいことがあるのであって、順序をまちがえてはいけませんな」

などと先走った忠告までした。

酒肴《しゅこう》の接待が忙しくなって、女中と共に、絢子も母も、何度か廊下をすれちがううちに、母は絢子の袖《そで》を引いて、きつい目つきで、大いそぎでこう言った。

「あんた、本当にいいの？」

母にももちろん、絢子が、父への思いやりや他人への義理合で、事を決めるような人間でないことはわかっていた。

「ええ」

「大丈夫ね」

「ええ」

「大丈夫、って、あなたに念を押してもはじまらないことだけれど、そこまで決めているのなら、私はもう何も言わないわ。でも、お母様はいつまでもあなたの味方ですよ」

「うん」

絢子は他人行儀に「ありがとう」とも言えず、半分すねるように、鼻にかかった「うん」という返事をしたとき、思いがけなく、目から一滴の涙が飛び出したのにおどろいた。そして、おどろきのあまり、今度はおかしくなって笑い出した。

『何だろう。籠《かご》から二十日鼠がとび出したみたいな涙だったわ』

20

それからの一ヶ月の多忙はすさまじかった。学校へ行く余裕もなければ、乗馬クラブにもすっかり御無沙汰《ごぶさた》だった。

俊男と会う折も、いろいろな事務的な打合せの用事が多くて、感情のこまかい明暗はからんで来なかった。あらゆる意味で、この一ヶ月は、体ばかり忙しくて、心に負担のかからない時期であった。

絢子は暇を見て、大学へ、先生や級友たちに、報告かたがた、お別れの挨拶《あいさつ》に行ったけれども、それさえ、ゆっくり感傷にひたっているひまはない忙しさだった。

披露宴の人数は、はじめの予定よりどんどんふえ、はじめから、客は両家ほぼ同数という約束だったから、こちらがふやせば、向うもふやし、政財界やら外交界を網羅して、おえら方のオン・パレードになってしまった。

滝川夫人は、何かにつけて、

「後家さんには何もわかりませんから、やっぱり中心になる男性にたよらなくては」

などという可愛らしい口上で、稲垣保に何事も相談を持ちかけ、この段階になって、すっかり稲垣氏に気に入られてしまった。

「あの人は案外、見かけによらず聡明《そうめい》な人だ」

などと稲垣氏が言い出すと、絢子の母は、

「そうですね」

と口を合わしこそすれ、目は反対のことを言っていた。

ヨーロッパに赴任していた大使連のお客が多いので、料理やお酒の吟味がむつかしかった。一通りの結婚披露のお料理では、みんなの口に合わないことが知れていた。滝川夫人は、伊勢海老《いせえび》の料理も、ケチくさいハーフよりもフォールにしてはどうか、と稲垣氏に持ちかけ、派手好きな彼はすぐ賛成した。

披露宴はホテルでやるのが常識だが、松本老社長の口利きで、旧財閥のクラブを借り切ることができ、その古風な十九世紀風な建物を見に行った一同は大へん気に入った。

絢子は式服の仮縫にいそがしく、フランス製の白いサテンに一面に白い花の刺繍《ししゅう》のある豪華な衣裳《いしょう》は、仮縫室にあふれてしまうほどであった。

宗教のほうは、あれほどハイカラな滝川家もキリスト教ではなかったので、ふつうの神式でやることに異存はなかった。

披露宴は、まず大きなロビーに客を集めて、音楽の伴奏と共に、花婿花嫁が大階段を下りてきて、宴会場へ入るあとを、客が従うという演出になっていた。

「こういう時は会社を持っていらっしゃる方は本当に強いのね」

と滝川夫人が吐息を洩《も》らしたように、稲垣薬品の秘書課長の働きはすばらしかった。彼は一流の楽団を安い費用で招いてきたり、あらゆるこまごまとした用事を片っぱしから片付け、当日の駐車場の整理委員も、早くから任命していた。

すべては巨大な機械のように唸《うな》りをあげて進展していた。二人の新居の壁紙も、絢子の選択で、イギリス製の灰色と桃色の田園風景の図柄が選ばれ、みるみるうちに、まとまった家庭の雰囲気が出来上っていた。

当日までは、あの期日を決めた日から、またたく間にすぎた。式がおわって披露宴の客を待ってくつろぐ間、化粧直しに自室へ入った絢子は、皆に体を委《まか》せながら、上気した疲れに顔を赤くしていた。

「では、私はお客様をお迎えに階下《した》に行っていなくてはなりませんからね」

と裾模様《すそもよう》の母は、部屋を出しなに、娘の指をちょっとつまんで言った。口で言っても何一つ耳に入らぬような気がしたので、指をつまんで注意を促したのである。

「ええ」

と絢子は、目の底にしこりのようなものを感じながら、茫然《ぼうぜん》と答えた。式のあとで、何か、今日の花嫁としての威厳と自信が身に備わったような気がしている矢先に、急に又母親に子供扱いをされたようで不満だったのである。

一方、稲垣氏はここ数日、いささか不機嫌だった。娘を嫁にやる男親の寂寥《せきりょう》について、あまり大ぜいの人にきかされていたので、いつしか自分もそんな気持になっていた。彼の特徴は、人から何度か言われたことが、いつのまにか、自分の心理になってしまうことだった。そしてこういう善人の一得として、彼は、そういう世間一般の悲しみの習慣に同化することで、自分の本当の悲しみを、ごまかしてしまうことができた。

午後六時半、早春の寒い日暮に客が集まり、きらびやかなシャンデリアの下で、すっかりその戸外の寒さから遠のいて、華やかな礼装のざわめきの色に染められた時分、それぞれのお仲人《なこうど》の松本夫妻にみちびかれて、花嫁花婿は二階の廊下へあらわれた。

俊男が燕尾服《えんびふく》の腕をさし出し、絢子がチラと顔を見上げてその腕に手を委《ゆだ》ねた。

「音楽がはじまったら歩き出して、階段を降りて下さい」

と松本老社長が小声で言った。

ここからは階下はのぞかれなかったけれども、ざわめきは津波のように押し寄せてきて、そんなに声を低めて注意する必要はなかった。

二人はまるで舞台の出を待つ俳優のようだった。今ここから出てゆく彼方《かなた》には、拍手と人々の注視と、きらびやかな世界が予定されていた。とてもその向うに未来の平坦《へいたん》な日常生活が待っているような気はしなかった。

『滝川のお母さま好みのパーティーに次ぐパーティーの人生が、この先に待っているだけのような気がする』

と絢子はふと考えながら、この際になっても滝川夫人のことが頭から離れないのが不安になって、もう一度確かめるように俊男の顔を見上げた。

俊男は磨き上げた美しいロボットという風情だった。燕尾服の白い烏賊胸《いかむね》は、若い美貌《びぼう》の指揮者という感じで、彼が今何を考えているのか、少しもつかめなかった。彼はふっと何かに気づいたように、絢子を見下ろしてやさしい微笑を泛《うか》べたが、この微笑には糊《のり》のつきすぎたシャツのような固さと、白すぎる光りがあった。

『ねえ、愛してる？』

というバカな質問を、よっぽど投げかけたくなって、絢子は、仲人を憚《はばか》って控えた。それはこの世で一番無用な質問でもあり、同時に、一番緊急な質問のようでもあった。

俊男の腕に、彼女の感情が何かの波を寄せたのだろう。俊男がふと、くつろいだ声になって、耳もとでこう言った。

「君は何センチの障碍《しょうがい》が飛べるんだっけ？」

「え？」

と絢子は突然の質問に、何のことかわからなかった。すぐ、馬の障碍のことだと気づいて、

「まだ五〇センチぐらい」

「ふん。今、音楽がはじまるだろ。そうすると、僕らは大障碍を飛び越すんだぜ。一メートル五十の障碍の前に、さらに、幅二メートル、深さ一メートルの濠《ほり》があるようなやつ。西中尉がむかしオリンピックで飛んで優勝したようなやつさ。……いいか、しっかりつかまっているんだぜ」

「いいわ。頑張るわ」

「飛んじまえば、もうこっちのもんだ。あとは楽なもんさ」

という俊男の言葉は、半ば自分に言いきかせているようだった。

そのとき、高らかに音楽が鳴りひびき、階下の喧噪《けんそう》が、音楽に吸い込まれるように静まったとき、

「さあ」

と松本夫妻が二人を促したので、花嫁花婿は大階段の踊り場へ歩きだした。そこまで行けば二人の姿が階下の人の目に映るのだった。

俊男と絢子の姿がしずしずと階段を下りてくると、階下の客は一瞬一せいに嘆声

を洩らしたが、さかんな拍手でこれを迎えた。それはすばらしい登場であり、人生の絶頂に立った一組の美しさと輝きを思うさま放っていた。

二人は、嘆声に包まれながら、徐々に宴会場のほうへ歩いて行ったが、

「まあ、おきれい」

「何てすてきでしょう」

などという声は、小波《さざなみ》のように絢子の耳もとに寄せていた。親しい人たちに微笑でこたえながら、俊男は胸を張って、誇らしく進んで行った。灯火がその上気した頰を、さらに若々しく、青い髭《ひげ》の剃《そ》りあとをすらういういしく見せていた。絢子の美しさは、輝やかしい目を伏目がちにしているのが残念だが、アラビア風の比喩《ひゆ》でいえば、「山の端にかかった月のような風情で、彼女のいつもの鮮明な美しさが、何かはかなく見えるほどにぼかされているのが、ひとしおであった。

数百人の客の間をよぎって、新郎新婦が宴会の間の入口へ近づいたとき、親たちはそのすぐあとに従ったが、すでに音楽もやみ、人々の喧噪も静まった瞬間に、急に起った泣声がみんなをはっとさせた。

泣き出したのは、滝川夫人だった。

新郎はその泣声に思わずふりむいたが、そのふりむいた顔にひらめいた苛立《いらだ》ちを、ほんの一瞬だが、お客の目にありありと見せてしまった。絢子はそのほうをふりむ

く勇気がなかった。自分の母親が泣き出したものと思い込んだのである。

仲人は、年の功で、すばやく目じらせして、先頭の新郎新婦だけを、まだ人のいない宴会の間へ押し込むと、泣いている滝川夫人のそばへ行った。客は、宴会場の入口のこの突発事件にはばまれて、流れを止め、中には遠くから無遠慮に背伸びをして、こちらをのぞき込んでいる人もあった。

滝川夫人はこの日、駝鳥《だちょう》の羽毛のヴェールを頭にいただき、水あさぎ色の刺繍入りのコート・ドレスを着ていたが、泣声はその口もとからまるで透明な矢のように飛び出して、人々を動顛《どうてん》させたのである。いそいで夫人を別室へ連れて行こうとする松本老社長の手をふり切ると、夫人は涙も拭《ぬぐ》わず、客のほうへ向って、こう叫んだ。

「ごめんあそばせ。こんなに泣いてしまったりして。一生のあいだ、どんなパーティーでも、こういうソシアル・エラー（社交上のあやまち）をやったことのない私が、……ああ、もし主人が生きておりましたら、どんなに叱られたでしょう……、おめでたい席で、とうとう自分を制し切れなくなってしまいましたの。

でも、皆様、誤解なさらないで。嬉《うれ》し涙なのですけれど、声が高すぎたので、ごめんあそばせ。（親しい客の数人が笑いだしたので、客は救われたように微笑のざわめきを返してよこした）。

私、こんなにうれしいことはなくて、自分の息子が立派に成人して、きれいな可愛いお嫁さんをもらったと思いましたら、もうれしくてうれしくて、これを一目、主人に見せてやりたいと思って、そう思ったとたんに、涙がドッとあふれ出て、声をあげてしまいましたの。私の頭のこの駝鳥が啼《な》きだしたと思って、御ゆるし下さいませ。本当にごめんあそばせね。さあ、皆さま、どうぞお席にお着きになって」

一同の笑いはすっかり好意的なものになり、この予定にない自己顕示的大演説のおかげで、すっかり度胆を抜かれていた稲垣保も、ようやく生色を取り戻したが、客から離れて、新郎新婦の席へ早く着いてしまった絢子は、事の真相をさとると、こっそり俊男の顔をうかがわずにはいられなかった。

俊男はさっきのバラ色の頰も失って、屈辱に蒼《あお》ざめ、舌打ちをしていた。その顔を見てしまってから『見なければよかった』と絢子は思った。

21

新婚旅行はハワイでというのが、このごろの流行だが、流行にもなかなかいいところがある。まず流行どおりにしていれば、はやるものにははやるだけの理由があるのだから、強いて異を樹《た》てて、現地へ行ってから後悔するということもあるまい。

それに、幸福というものは、そんなに独創的であってはいけないものだ。幸福という感情はそもそも排他的ではないのだから、みんなと同じ制服を着ていけないという道理はないし、同じ種類の他人の幸福が、こちらの幸福を映す鏡にもなるのだ。なればこそ、大安吉日の午後七時ごろの湘南《しょうなん》電車は、あんなに多くの新婚組を載せて、お互いの為の幸福の鏡の役目をさせて、幸福を何十倍にも増殖させてくれるのである。

いろんな案が出た末に、ホノルルに三泊四日という案が最終的に決り、式当日はくたびれるからせめて箱根《はこね》で一泊してからという滝川夫人の案はしりぞけられて、式の当夜JALで発《た》つことになっていた。宿も、滝川夫人は、伝統のあるロイヤル・ハワイアン・ホテルを主張し、稲垣氏は新らしいハワイアン・ヴィレッジを主張したが、小さい落着いたホテルがいいという俊男の考えで、誰も知らないワイキキアンというホテルに決った。

「南京虫が出たって知らないわよ」

と滝川夫人は言ったが、ワイキキアンの値段表をみたって、そんなバカなことがある筈《はず》はなかった。夫人はまだすねていた。

「どうしてロイヤル・ハワイアンにしないの？　あそこの海ぞいのダイニング・ルームで踊ったらステキなのに」

「だってあそこは、夕食にはドレス・アップしなくちゃならない、というじゃありませんか。ハワイでネクタイなんか締めるのはごめんですよ。ネクタイが締めたくなったら、外からロイヤル・ハワイアンに行けばいいんだし、何もそこに泊らなくたって」

「だって、日本領事館や外交関係のパーティーはロイヤル・ハワイアンに決っていてよ」

「僕は外交官じゃありませんん」

俊男がキッパリ言ったので、母親は黙ってしまった。

いずれにしても、旅先の宿も、最後は俊男の決断で決める形になるというのは、いい兆候だった。稲垣家も、結局お婿さんの意向を尊重して、神妙なところを見せた。結婚式までは、何もとりたててゴタゴタはなかったのである。

そして、その披露宴の席上での、滝川夫人の取り乱した態度も、それ以上悪い影響を及ぼしはしなかった。二人は結婚した。みんなに祝福されて、二人はその晩羽田を発ったのだった。

22

……障子にいっぱい木の影が映っていて、風が強いとみえて、その大きな葉影が大仰に揺れる。

ここはどこだろう？

と絢子《あやこ》はぼんやり考えていた。

一面の大きな白いかがやく障子、そこに映る葉影、まわりの黒ずんだ太い柱、……京都の禅寺にでもいるのだろうか。

白い大きな障子と、逞《たくま》しい太い黒い桟は、どうしてもお寺か、古い農家のようだった。それが視界をいっぱいに占領して、葉影はバサバサとときどき障子に当りながら、風に乱れている。その白と黒の、大胆な、まるで墨痕《ぼっこん》あざやかな書を書いた屏風《びょうぶ》のような、すばらしい効果。

どうしてもお寺にいるらしい。

絢子は、自分の右手がすっかり痺《しび》れて動かせないのに気づいた。右手にのしかかっている重い胴の肉……。

ここはハワイだった。

絢子はびっくりして、いっぺんに目がさめてしまった。あれはただ、障子に見せかけた乳白色の硝子《ガラス》の大きなスライディング・ドアで、障子のデザインを真似ているだけだった。そしてそこに乱れている巨大な葉の影は、椰子《やし》の葉影であって、それが珊瑚礁《さんごしょう》の朝風にさやいでいるのだった。

何という瞬間の錯覚だろう。

絢子は生れてはじめて、自分の体に接して眠っている男の体の温かみを感じて、昨夜からの一トつづきが、超現実的な夢のような感じがした。

二人は完全に「夜会服」からのがれて、この南の島へ来て、きのうの昼間は、飛行機の疲れもものともせず、ゴム草履でそこかしこを歩きまわり、そして夜、ワイキキアン・ホテルのこの一室で、新床《にいどこ》に入ったのであった。

俊男はやさしく、少しも暴力的でない、つかのまの星の光りのような鋭い小さな痛みに終る初夜を与えた。だからそのあとの眠りも安らかだった。

きょうから新しい生がはじまるのだ、という実感が、朝の澄んだ空気の中に漂っている。すこしも湿気のない、清浄な夏の朝の空気が室内に充ちていた。ただいかにも熱いのは、俊男の裸の肌だった。

『どうしてこの人は火のような肌をしているのかしら』

と絢子は何だか可笑《おか》しくなった。眠っている間も燃えているストーヴのようなその肌が、俊男のいささか冷たい典雅な外観に似合わなかった。

彼女は俊男がむしろいつまでも目をさまさぬことを祈った。こうして朝の白い光りの中にうかぶ彼の秀でた鼻梁《びりょう》を眺めながら、どうして自分も一度は、この人と結婚しなくてもいい、などという可能性について考えたのだろうかと、自分をからってみるのがたのしいのだ。

それはもう、過去のはるかかなたの問題になっている。それ以上非現実的な考え方は、今となっては、他に一つもないように思われる。すべてはもう「二人は結婚した」という事実から出発している。これでもし、俊男が禿頭《はげあたま》のデブの老人であったと仮定しても、あらゆる幸福と不幸はこの事実から出発するほかはないのだ。

『この人が禿頭でデブだったらどうかしら』

と、絢子は、何もかも可笑しくてたまらないような幸福感のうちに、彼の秀麗な横顔を眺めていた。そう思われていることも知らずに彼が眠っているのが、とても呑気《のんき》で、不用心のような気がした。

『いつまで寝ているつもりかしら』

眠りは二人の完全な幸福の瞬間を、こっそり蝕《むし》ばんでゆく見えない白蟻ではないだろうか？　それがこんなにも二人を離ればなれの存在、つまり眠っている人間と目ざめている人間とに分けてしまっている。急に絢子は、耐えられない孤独を感じた。

俊男をくすぐって起して上げようか。何だかそれではロマンチックでなさすぎる。では、接吻《せっぷん》して起して上げようか。それでは又、はしたなさすぎるような気がする。

……

絢子はネグリジェの青からさしのべた白い腕を俊男の寝顔の上にかざして、鼻をつまもうかと思ったがそれもよして、彼の唇をそっと撫《な》でた。指先が軽く、唇がかすかに羽根毛の感触を感じるように撫でたのである。

すると、俊男は深い息をしたかと思うと、目をつぶったまま、まるで地震のように青い毛布をゆるがして寝返りを打ち、逞しい二本の腕をさし出すと、手さぐりで絢子をしっかりと抱きかかえて来た。

「いや、……いや、寝呆《ねぼ》けちゃ」

「寝呆けてなんかいないぞ」

と彼は忽《たちま》ち強い力で絢子を胸へ抱き込んでしまったので、絢子からは、彼がもう目をあいているかどうか見えなかった。絢子は一寸《ちょつと》抵抗したが、すぐ大人しくなった。すると、俊男の唇が、額から瞼《まぶた》へと伝わって来、青い毛布の海の底では、その腿《もも》がすでに絢子の体をしっかり締めつけてきた。

瞬間、絢子は、

『ああ、どうせ早く起きたのだから、顔をちゃんと作っておけばよかったのだわ』

と考えたけれども、後の祭だった。そしてすべては、部屋に飾られた熱帯の花々の強《きつ》い香りのようなものの中に包まれてしまった。

23

……シャワーを浴びてから、俊男が電話で流暢《りゅうちょう》な英語で朝食を注文しているのをききながら、絢子は鏡の前で顔を作っていた。そのうち、急に、コロコロコロといら小鳥の囀《さえず》りが部屋の中に起った。見渡しても、どこにも小鳥はいない。見れば、ピンク色のその電話は、丁度受話器を立てただけの形をしていて、それを手にとると、自然にかかるようになっているのだが、向うからかかって来るときは、やさしいコロコロという小鳥の囀りの音《ね》を立てるようになっていた。絢子は生れてからこんなに可愛らしい電話を見たことがなかった。

俊男が答えている英語をきくと、ホット・ケーキには、ハニーをつけるか、メイプル・シロップをつけるか、ということをわざわざ訊《き》き直してきただけのことらしかった。

俊男は電話がすむと、大きなのびをしてから、障子まがいの硝子戸《ガラスど》をあけに行った。それから快活な声がふりむいて、

「ここがいいや。ここの窓ぎわで朝飯をたべようよ」

と言った。絢子はガウンを肩から羽織ってそこへ出て行った。

きのうすでに見ている景色であるのに、今日はまるで変った新らしい世界のように眺められた。一夜にして、すべてがみずみずしい輝きに充ちたものに変っていた。椰子《やし》は窓に接して風に揺れていたが、その間から珊瑚礁《さんごしょう》の入江が青々と見え、目の下には庭の熱帯樹の叢林《そうりん》の鬱陶《うっとう》しいほどの緑の間に、極彩色のトーテム・ポールや、恋人同士むきのいくつかの東屋《あずまや》が見える。空には朝のほのかな雲が棚引き、午前の陽は沖を一枚の金の延板のように輝やかせている。

吹いてくる風のなかに嗅《か》がれる、まぎれもない熱帯の匂い。熟れた果実と花と、それから潮《うしお》の匂いとをつきまぜて、頬に当る金いろの風。……二人は又接吻して、改めて、

「おはよう」

を言い合った。

絢子が昨日買ったムームーに、耳には枕もとのハイビスカスの花をとって飾ったときに、ボオイが朝食を運んできた。

「グッド・モーニング・サァ」

と英語で景気よく挨拶《あいさつ》するけれど、顔は土人との混血を思わせ、首に真赤なスカーフを巻いている。そしてひろい肩一杯に、まるで丸テーブルぐらいの大きな盆をのせて、その上に朝食と果物と花を満載している。

コーヒーを茶碗《ちゃわん》に注いでみた絢子は、

「あら、まだよく出ていないわ」

と言って、俊男に笑われてしまった。まるで色の薄い、小豆《あずき》のとぎ汁みたいなコーヒーなのだが、それをうっかり日本の番茶みたいに考えて、「よく出ていない」と絢子は言ったのだが、ポットの中で今さらコーヒーが濃くなる筈《はず》もなかった。

「典型的なアメリカン・コーヒーだね。アメリカはどこへ行っても、大衆はこういう薄いコーヒーを好くんだよ。カフェ・エスプレッソなんか飲むのは一部のインテリだけだね」

朝食はおいしく、二人はお腹《なか》一杯喰《た》べると、すぐ水着に着かえて庭へ出た。この気楽なホテルでは、はだしの足に白い砂をつけたまま、自由に部屋へ出入りができた。

ホテルの庭はすっかり熱帯の叢林に包まれているような具合にできていた。どれもこれも見馴《みな》れぬ樹、見馴れぬ葉ばかりで、八つ手のような葉の、テカテカとその表面《おもて》に太陽を反射しているのが、歩く人の顔にかぶさった。そしてその茂みのあちこちに、奇怪な嘴《くちばし》を尖《とが》らした極彩色の顔のさまざまなトーテム・ポールが立ちふさがっていて、人をおびやかした。ハワイでは、油を使った篝火《かがりび》が、庭の照明にどこでも使われており、その篝の柄が茂みの間からつき出して、ゆうべの名残の油滓《あぶらかす》の匂いを漂わせていた。

土人小屋風のレストランがプールに面していた。変形プールの傍らの椅子にかけていると、すぐボオイがメニューをもってきた。

そこには、何だかハワイ風の名前をやたらにつけたゴテゴテした料理や菓子が並んでおり、近くのテーブルでたべている人をチラリと見ると、椰子《やし》の実を半分割りにしたのをサラダ・ボウル代りに使って、山ほど盛り上げた果物とアイスクリームを喰べているので、朝食をすませたばかりの二人は、見るだけで胸がつかえそうになった。

二人はプールのやわらかい水のなかへ身をひたした。一寸《ちよつと》泳ぐと、その人工的なせまい水域に物足りなくなって、

「海へ行こうか」

と俊男が言い出した。レストランのバンドが、茅葺《かやぶき》屋根の暗いかげに真紅のアロハをちらつかせながら歌っている歌声とギターの音色をあとにして、二人は手をつないで、プールのかたわらから海のほうへ下りてゆく石段を駈け下りた。

海はまるで池のように凪《な》いでいる。波一つなく、澄みわたって、海底の色さまざまな珊瑚《さんご》の花を透かしている。入ってゆくと、だんだん深くなって、また沖のほうで浅くなってゆく地形がありありとわかる。二人はゆっくりとそこを泳いで行った

が、虹《にじ》のような色をした魚が腿にまといついたり、海の底を翳《かげ》らしてすぎてゆく雲の影をみたりした。やがて、

「ここならもう立てるぜ」

と俊男が言ったので、絢子が足を海底にのばしてみると、そこは、立ってもお腹のへんまでしかない水深だった。トゲトゲした珊瑚を避けて、滑らかな石にそっと爪先《つまさき》を委《ゆだ》ねて絢子は立上った。

俊男が濡《ぬ》れた手を絢子の肩へかけて来たので、彼女はよろめいた。水から出ても、水の温かさがまだ肌にのこっているようで、強い太陽の熱と、体にのこる水温とが、和み合っている感覚の肌の上を、海風が快くすぎた。

俊男は黙って沖のほうを指さした。

それは幻想的なすばらしい風景だった。陸の人から見たら、珊瑚礁《さんごしょう》の海のまんなかに立っている二人は、奇蹟《きせき》的な彫像のようにも見えたろうが、二人の目の前にあるのは、もっと奇蹟的な眺めだった。ゆくて百メートルほど先に、珊瑚礁の大きな壁が立っていた。つまりそこを堺《さかい》に、こちらは内海、あちらは外海なのだった。堺までは、小波《さざなみ》一つ立たぬ青いまろやかな海面が色さまざまな珊瑚を透かしてひろがり、その堺の向うには、すぐ外海の大波が打ち寄せていた。それは幻のような白い巨浪で、おそろしい轟《とどろ》きをあげていたが、少しもこちらの内海へ影響を及ぼすこと

はなかった。巨浪が砕けようとして立上るとき、水平線の眺めも遮られたが、砕けると共に、白い船をうかべた紺緑色のくっきりした水平線が、湧き立つ雲《さえぎ》をうかべてつづいているのが眺められた。

二人は自然の只中《ただなか》に二人きりだった。何も言う必要はなかった。彼方《かなた》の巨浪のおそろしい轟きが、どんな会話も奪ってしまったであろう。絢子は俊男の胸へ、甘えて顔を寄せた。彼はその顔を抱き上げて永い接吻《せっぷん》をした。その唇の塩の味わいが、接吻したまま、日に焦がされて融《と》け消えるほどに永く。

……かえりは又のんびり泳ぎかえり、プールのところへ上って来ると、プラスチックの大きな花かざりのついたサングラスをかけたアメリカ人のおばさんが、

「あなた方が立っているところを、写真に撮らせていただいたわ。すばらしかったわ。愛する者同士が、色さまざまな海のまんなかに立っている姿は、彫刻みたいだったわ。現像したら送って上げるから、住所を下さる？　お名前は？　ホテルのお部屋の番号は？」

と矢継早にきいた。

その写真がぜひほしかったので、絢子は俊男を目で促し、俊男は正直に、紙に書いてやった。

「写真をとらせていただいたお礼に、一杯さしあげたいんだけれど」

とおばさんが言うので、暇な二人は断わる理由がなかった。何となく、他人を拒絶するような閉鎖的な幸福に、きまりが悪くなってもいたのだった。

二人がうけると、

「まあ、うれしい。さあどうぞ」

と椅子をすすめるおばさんは、ナンシー・マクドナルドという名を名乗ったが、何よりも二人の日本人が英語を話すことによろこんでいた。そして、すばらしい英語だとほめそやした。

ナンシーおばさんは、ものすごく派手なムームーを着ていたが、あらわれた腕は日灼《ひや》けとソバカスとで、惨澹《さんたん》たる状況を示していた。そしてサングラスのまわりには、顔じゅうが皺《しわ》に包まれ、真赤に塗った唇にまで皺が寄っていた。

「あなたたちは新婚でしょう。すぐわかるわ。私たちは銀婚式で、主人が休暇をとってここまで来ましたのよ。私たち立川《たちかわ》に住んでいるの。おどろいたでしょう。私たち四人は東京から来た旅行者で、共通の故郷は東京なのよ。そうじゃなくて？　私、日本が大好き。あんなすばらしい国はないわ。ハワイみたいにこんなにアメリカ化したところは、そりゃ気候はいいけれど、何の魅力もないと思わない？」

そう言っているところへ、ものすごい大男の、派手なアロハを着た、おそろしい怖い顔をした中年男があらわれた。テーブルに落すその影までが威圧的だった。

ナンシーが紹介して、

「良人《おっと》のマクドナルド大佐。空軍ですの」

と誇らしげに言うと、大佐はニヤリと御愛想笑いをしたが、その瞬間だけひどく人のいい愛嬌《あいきょう》が現われて、次の瞬間には又怖い顔に戻ってしまった。

俊男がもてあましているのはわかったが、もう逃げ出せなかった。ナンシー夫人は、この美しいカプルといかにして知り合ったかを永々と説明し、海の上の彫像の話をはじめたので、二人は閉口した。

大佐の特徴は、人の話を一切きいていないことだった。のみならず、何でも説教調で、ものすごく親切で、ものすごく人を子供扱いにするところが、最初の五分間でよくわかった。

「われわれは銀婚式に達した。しかるに君たちは、結婚においてはまだ生れたばかりの赤ん坊である。だから、われわれのいうことをよくきいて従わねばならない。(彼はすばらしい冗談を言ったかのようにここでニヤリとした。)軍隊で言ったら、君たちは新兵で、われわれは古強者《ふるつわもの》である。古強者のいうことをきかないと、君たちは戦場で危険な目に会って、失わなくてもよい命を失うことになるだろう。だから、何でも、われわれの言うとおりにすればまちがいがない。

それはそうと、日本は何という美しい国であり、日本人はなんというやさしい国民であろうか！　われわれは又日本人が子供をよく可愛がることに深く感動している。われわれは二人の子供をメイン・ランドへ残してきたが、上の娘はもう結婚間近で婚約者とニューヨークで働らいており、息子はミシガンの大学生である。この写真を見てくれ。何と美しい娘とハンサムな息子であるか。私にとっては、息子が軍人になりたがらないことだけが悲しいのだが……」

そう言いながら、紙入から二人の子供の写真を出して同意を求めたが、絢子の目からは、娘も息子もアメリカの十人並の容貌《ようぼう》にしか見えなかった。

大佐の演説はまだつづく。

「ヌアヌ・パリへはもう行ったか？　行っていなければ、喜んで車で案内するが。ああ、もう行ったのか。それは残念。

食事はどこでしている？　ホテル？　それはいけない。ホノルルのホテルで飯のうまいところはない。一昨日《おととい》このホテルで、マヒマヒ（魚の名）のフライを喰《く》わされたが、言語に絶するまずさだった。われわれ軍人はふだんまずいものを喰べているから、休暇の間はどうしても美味《おい》しいものを喰べなければならない。ああ、いいことを思いついた、今夜『メリイ・モナーク』へあなた方を夕食に招待しよう。あれはホノルルで唯一のうまいフランス料理屋だ」

俊男は何かと口実をこしらえて辞退したが、一度思い立った大佐は、どうしても折れなかった。ベトナムの北爆のような勢いである。

「何？　招かれる理由がない？　では理由を教えよう。その理由とは、われわれは、あなた方が好きだからだ。なあ、ナンシー」

「そうですとも」

夫婦は顔を寄せて、じっと二人を眺め、この世の中でこれほどスイートなものはないという微笑を浮べた。七時の約束をやっととりつけると、大佐はやっと安心して、やおらアロハを脱ぎ捨て、背中まで逆巻く毛に覆われたものすごい体躯《たいく》をあらわすや否や、物も言わずに走り出して、プールへとび込んだ。

24

二人はそれから、タクシーに乗って、カピオラニ公園と水族館を見に行った。

何だか心には、今夜の約束が重く引っかかっていた。

車はカラカウア大通りをまっすぐに走って、立ち並ぶ新らしいホテルの間から、青いワイキキの浜を瞥見《べっけん》させながら、十分ほどで公園の前に着いた。

ここでは車のタイヤは、東京とちがって、絹のような音を立てた。ゆきから車の音は、歩道にいてきくと、衣《きぬ》ずれの音に似ていた。

そしてどこへ行っても、一歩家の中に入ると、「アメリカの匂い」、あのペンキと油と牛乳をまぜたような、妙に甘たるくて油っこい匂いがしていて、その匂いはホノルル税関を通ったときから、鼻について離れなかったが、この海風の吹きめぐる広大な美しい公園へ来ると、その匂いも去った。

公園には人も少なく、椰子《やし》の樹は、長い裸の脛《すね》の間に、すぐ近くにそびえ立つダイヤモンド・ヘッドの、荒々しい赤土の山裾《やますそ》を透かしていた。広大な芝生のそこかしこに花が咲き乱れ、要所に配置された撒水器《さっすいき》が、忙しげに廻《まわ》りながら、水の鞭《むち》を四方へふりまわしていた。

「全く今夜の約束を思うとやりきれないね」

こんな俊男の愚痴に、

「断わればよかったのに」

という言い方を絢子はしなかった。それは彼女の本能的な賢さで、決して人に責任を押しつけたり、過去の責任を難詰したりする言葉は吐かなかった。だから絢子は、

「そうね」

と言葉すくなに合槌《あいづち》を打つだけだった。

「一体どういうつもりだと思う？」

「私たちが魅力的だったからでしょ」

「それだけで晩飯をおごるかなあ」

「そういうのがアメリカ人式なんだと思うわ。それに軍人でしょ」

「ずいぶん怖い顔をしているね」

「あなたを見込んでベトナムへ連れて行こうなんていうつもりだったら……」

「そうしたら？」

「今夜、あの大佐に毒を盛っちゃうわ」

俊男は朗らかに笑い、二人は誰にも犯される筈《はず》のない平和を感じていた。しかもベトナムと戦っているアメリカそのものの国土にいて。

しかし、それにしても、見知らぬ軍人からの夕食の招待を受けたら、母はどんなに笑うだろうと思うと俊男は憂鬱《ゆううつ》になった。どんな招待にも実にイヤイヤ顔を出す俊男が、ハワイへ来ると、いとも簡単に、知らない人の招待を受けてしまったのだ。遊楽地の、誰でもすぐ友達になる雰囲気の中にいるとはいいながら。

全くハワイの人たちは親切だった。昨日もタクシーがなくて路傍で困っていたら、巨大なキャデラックが止って、「どこへ行く？」ときいてくれ、結局ホテルまで送ってくれて、報酬は受けとらなかった。横断歩道のないところを横切っても、車のほうでゆっくり歩行者が渡るのを待ってくれるのは、東京では考えられもしないことだった。

——歩いているうちに、二人は水族館《アクアリウム》の前まで来ていた。絢子が入りたがったので、俊男は切符を買いに行った。

「そんなに入りたがって、子供を連れて歩いてるみたいだな。そんなに魚が好きなのかい？」

と訊《き》く俊男には、考えてみれば、絢子について、まだ知らないことがいっぱいあった。こういう無邪気なねだり方も、思えば二人のデートの間にはじめてのことだった。いつも彼女は、控え目すぎるように見えたのである。

男女が指をからめ合わせて歩くことは、東京よりもずっと自然で、男が切符を買うあいだも、指をからめたまま、チューインガムを嚙《か》んで、あらぬ方をぼうっと見つめている白人の少女もあった。その青いGパンの腰を、青い水平線が横切っていた。とにかくその入口の周辺にいる若い人たちが、みんな口を動かしていた。チューインガムやらポップコーンやら、そばで5セントで売っている紙筒入りの氷イチゴのシロップやら。

それとそっくりな口を、二人は水族館の中で、硝子《ガラス》の壁へ寄せてくる魚たちの口に見出《みいだ》して、顔を見合わせて笑った。二人とも同じことを考えているのがすぐにわかったのである。

魚の白っぽい口は、何か喰《た》べているのではなかったけれども、ポップコーンを口にほうり込むときの原地人の少女の、やや厚い、丸くすぼめた口とそっくりだった。

こんな小さなことでも、二人が全く同じ時に、同じことを連想していて、しかもそれをお互いに口に出して確かめ合わないでもわかるというのは、何という恵まれた瞬間だろう。すでに二人は、旅へ出てから、何度か同じ経験をしていた。それは自然な共感でもあったが、同時に、外国へ出ると、日本人としての共通な体験の積み重なりが同じ反応を示すこともありがちで、二人は将来は、きっとハワイにおける共通な体験から、二人にしかわからない同じ連想を、何度もくりかえして飽きないことだろう。

熱帯魚の華やかな色彩は、暗い水族館の中へ入ると、忽《たちま》ち目を射る美しさで、絢子はハワイのアロハもムームーも、すべて自然の色彩をまねて、いわば人間のほうで保護色の服装をしているのだ、ということに気づくのだった。

ネオンのようなとりどりの色をひらめかす熱帯魚のその色彩は、ハワイの州花であるハイビスカスや、まるで鳥の作り物のようなバード・オブ・パラダイスという花や、「虹《にじ》の驟雨《しゅうう》」（レインボウ・シャワー）という花などの持っている色彩と、紛らわしいほどよく似ていた。ここでは、花と魚と鳥と珊瑚《さんご》が同種族であるかのようだった。

巨大な海亀の水槽の前に止って、磨き立てたガラスの壁に、ちょっと絢子が指をふれると、

「さあ、指紋を残したぞ」

と俊男が言った。二人は飛行機の中の読み物として、スパイ小説を持ってきていたので、すぐそのほうへ頭が行くのである。

「海亀の水槽に指紋を残した美しき女スパイは、あやしい日本人の男に腕をとられて……」

「ワイキキアン・ホテルへ拉致《らち》され……」

「そこの一室に監禁されて、暴行され……」

「いや、いや、いやな方」

しかし二時間後には、正にそのとおりになってしまった。

……しらない間に疲れていたのであろう。急に睡気がさして来て、ホテルへかえって、三十分ほど昼寝をすると、二人ともすっかりさわやかな頭に戻って目をさまし、すぐ又その場で愛し合った。

それから、絢子は買物に行きたいと言い出し、俊男がついて、インターナショナル・ショッピング・センターというところへ行った。帝国ホテルに泊っている外人が、近所のアーケードで買物をしている多少愚かしい風景を、今度はこちらが演じ

ているわけだ。

ホテルへかえって、シャワーを浴びて、仕度をすると、もう七時だった。薄暮の中に庭のかがり火がともり出し、障子にその灯影が又、椰子の葉をおぼろげに映しだした。夕凪《ゆうなぎ》とみえて、葉影は動かなかった。

ドアが、ものすごい確信的な叩《たた》き方で、いかにも巨大な拳《こぶし》のナックル・パットを思わせる叩き方で、二、三度ノックされた。

25

ドアをあけると、すでにきちんとドレス・アップしたマクドナルド大佐夫妻が立っていて、

「おうおう、夜の服装のアヤコは又一段と美しい。それにしても君たちは何という贅沢《ぜいたく》な部屋に住んでいるんだ。将官級の泊る部屋だ」

「新婚旅行には日本人はうんと贅沢をするんですよ」

「そりゃいい習慣だ」

と大佐は片目をつぶって、怖い顔が一瞬お人よしの笑顔になるが、言うことは一向首尾一貫せず、ただ声が大きいばかりである。

奥さんのナンシーのほうも、いかにも軍人の奥さんらしい野暮な柄と仕立の、背中の大きくあいた夜の服を着ていた。

嵐のように二人に引きずられて、俊男と絢子はホテルを出、「メリイ・モナーク」というレストランへつれて行かれたが、大佐夫妻は日本でよほど純粋な日本人とばかり附合っていたらしく、俊男と絢子が百も承知の外国流作法までいちいち親切に教えてくれるのがくすぐったく、もしこれが日本でのことなら俊男も腹を立てたろうが、田舎のホノルルでのこととなると、自分が久しぶりに子供扱いをされているたのしみを、余裕を以《もっ》て味わうことができた。

席に落着いたころには、俊男も絢子もこのうるさい大佐夫妻を、ほんの少し好きになりはじめていた。第一、かれらは俊男と絢子を少年少女の恋人同士のように扱ってくれるので、かれらの目に映っている「可愛い純情なお人形みたいな若い二人」という像を見ることが満更でもなかったからである。日本では、二人を羨《うらや》むべきカプルとは認めるだろうが、そこに嫉妬《しっと》や反感も入りまじり、こんな風に見てくれる可能性は全くないと云ってよい。

大佐夫妻が確信を以てすすめるだけあって、「メリイ・モナーク」は、おちついた、エレガントな雰囲気のレストランであった。冷房装置のよくきいた中では、フランス風な室内装飾の、この熱帯の風土へのそぐわなさも感じられなかった。この

土地の高級レストランの通弊で室内装飾が暗すぎるのと、いきなり二世の女給仕が寄ってきて、日本語で、

「何喰べます。何でもおいしいよ」

などと言うのはブチコワシだったが。

藤色の卓布の上に、金色燦然《さんぜん》たるサーヴィス・プレイトが置かれ、その上に又藤色のナプキンが折り畳まれている。ナイフやフォークも把手《とって》が金メッキで、並べられたグラス類も、一寸《ちょっと》触れ合うと鈴のような繊細な音を敏感に立てる正真のクリスタルである。燭台《しょくだい》といい、その間に置かれたハワイの乾果の面白さといい、テーブルを見ただけで店の格式が感じられ、ますます俊男と絢子には、なんで初対面の自分たちに、こんな御馳走《ごちそう》をしてくれるのかわからなくなった。

メイン・ディッシュの選択に迷っているうちに、大佐は又もやガミガミ声で、

「サラダだけは、私の言うことをきいてほしい。熱帯へ来た以上、君たちはぜひ椰《や》子《し》の芯《しん》のサラダを喰べるべきだ。これだ」

とメニューの一行を指さした。そこには、

Salad of Heart of Brazilian Palm Vinegarettes

と書いてある。

二人ともさすがにそれだけは喰べたことがなかったので、大佐の言葉に従うほか

はなかった。それから大佐はフランスの葡萄酒を注文し、その気前のいいことはおどろくばかりであった。

さて、食前酒が運ばれ、会話がはじまった。大佐のは、会話というより、やはり説教調の演説だった。

「さあ、君たちの新婚を祝し、われわれの銀婚式を祝して乾杯しよう。乾杯したら、それぞれの愛する伴侶《はんりょ》に、人生の最上のよろこびの接吻《せっぷん》を与えよう」

乾杯まではよかったが、命令されて接吻するとなると、俊男も絢子も照れてしまった。見ると、大佐夫妻は鬼のような口を寄せ合い、大佐の無骨な手が妻の髪を愛《あい》撫《ぶ》している。若い二人も仕方なしに形だけ唇を触れ合ったが、こんなに義務的な接吻ははじめてだった。

接吻がすむと、すぐスープが運ばれてきて、大佐夫人はいそいそと匙《さじ》をとりあげた。海亀のスープだが、絢子は今日の水族館の巨大な亀を何となく思い出した。

それからナンシーのおしゃべりがはじまった。ナプキンで口のまわりを拭《ふ》くたびに、皺《しわ》だらけの唇から濃い口紅がますますはみ出してきて、絢子は同性としてそれを見ているのが辛《つら》いのだが、大佐夫人はそんなことには一向気もつかず、たてつづけにしゃべりつづけた。

「アヤコ、私たちは本当に幸福な結婚生活を送ってきたのよ。ジョージと私とは、この二十五年間、いつも自分のかたわらに太陽の光りを感じるように、相手を感じてきたの。日ざしが一寸でも離れれば、こちらの肌は敏感に寒くなる。そうすると、又すぐにでも日ざしを求めずにはいられないんですもの。

この指環を見て頂戴《ちょうだい》。銀婚式のお祝いにジョージからもらったティファニーのダイヤモンドよ。ブルー・ダイヤモンドだから、ほら、透明さが一段と涼しげでしょう。わざわざニューヨークの娘に買わして、送らせてくれたんだわ。

私たちの馴《な》れ染《そ》めを話しましょうか。二十五年前のことだから、笑わないでね。ジョージはもう任官していましたけど、私の大学で記念祭があったとき、彼は丁度休暇で帰っていて、記念祭を見物に来ていたの。

キャンパスの中をねり歩くパレードがあってね。十台のオープン・カアに、それぞれ、いろんな飾りをつけて、一台一台に、花の女王、虹の女王、夢の女王、海の女王、山の女王、……いろんな女王に選ばれた女子学生が、一人一人扮装《ふんそう》をこらして乗っているわけ。

ああ、そのころは、あの不幸なパール・ハーバアの事件の直前だったわね」

「よしなさい。パール・ハーバアの話なんか」

と大佐が横から止めた。

「いいえ。パール・ハーバアの話なんかするつもりはないわ。私の話。みんな私とあなたの話よ、ジョージ」

俊男と絢子は一瞬ちらと目を見交わしたが、二人の目は、言わず語らずにこう語っていた。

『ナンシーはもう大分いい御機嫌ね』

『わかった。彼らが僕らを招《よ》んだ目的は、要するにオノロケをきかせるためだったんだ。そんなら遠慮は要らないから、うんと御馳走になってやろう』

ナンシーは、赤い爪の先で髪をかいやりながら、遠くを眺めるような目つきで語りつづけた。

「……そうなの。私は虹《にじ》の女王だったんだわ。笑わないでね。アヤコ。あなたにその時の写真を見せたいけれど、持って来なかったのが残念だわ。私は七色の虹の水着を着て、作り物の虹を背にして、虹を象《かたど》った王冠をかぶって、オープン・カアのまんなかに立っていたんだわ。私の若いころの体は、すばらしい曲線美で、スリムで、バラ色の肌をしていた。

プールで水しぶきの中でさわいでいたとき、友だちが、その水しぶきの中に立った虹が、ナンシーの体に映ったところがすばらしかった、なんて、わけのわからないことを言いふらして、それが『虹の女王』に選ばれる有力な理由になったらしいの。

ジョージは軍服を着て、私にばっかりカメラを向けていた。あの大学のキャンパスの、巨《おお》きなアカシヤの並木道を、私にカメラを向けながら、オープン・カアに沿うて、横っ走りに走っていた若い軍人は、すぐ私の目についたわ。私はジョージに、天使のような微笑を向けてやったの。ジョージは私に一目惚《ひとめぼ》れしたんだわね、ねえ、ダーリング？」

大佐はいかにも鷹揚《おうよう》にニコニコしていたが、だんだん妻の饒舌《じょうぜつ》に耐えきれなくなっている感じが、何となく絢子にも伝わってきた。こちらも何かを喋《しゃべ》らなくてはならない。しかし彼女の英語は、人のお喋りに分け入るほど自在ではなかったし、第一、こちらは可愛らしい子供のカプルと思われているのだから、対等の会話ははじめから成立ちそうもなく、ただニコニコして合槌《あいづち》を打っている他はないのである。

大佐は食事をしながら浴びるように葡萄酒を呑んだ。俊男や絢子は一杯ずつしか呑まないうちに、一本がたちまち空になった。途中で思いついたようにナンシーが、

「ジョージ、呑みすぎるわよ」

と止めるのだが、そういうナンシーがかなり呑んでいるのだから効目がなかった。メイン・ディッシュと一緒に、例の椰子の芯のサラダが運ばれてきて、口に入れると、日本のずいきのような味わいで、多少の苦味があって、歯ごたえがあって、実に美味《おい》しかった。

「美味しいだろう」

と大佐に訊《き》かれて、

「すばらしく美味しい」

と答えると、

「そうだろう。私の選択《チョイス》はいつも最高なのだ」

と大いに満足な様子で、とろけるようなその目は、ふだんの緊張しすぎた怖い顔を、何だか急にだらしのない酔っぱらいの顔に変えてしまっていた。その急激な変化は、裸かの性格がムキ出しになった不気味さを感じさせた。

「結婚生活の教訓を君らに話す予定だったね」

と大佐は、何かを思いついたように、体を乗り出して、大声で語りだした。

「このナンシーは、世界一の女房だ。今でも美しいし、感受性も豊かで、心がやさしくて、魅力をいつまでも失わない。しかし、トシオ、男はどこまで行っても男、女はどこまで行っても女だ。結婚生活というものはそれを学んでゆく道なんだよ。こんな完璧《かんぺき》なナンシーでさえ、あやまちを犯すこともある。いや、犯したこともあった。そうだな、ナンシー」

大佐は世にも甘いやさしい声で、ナンシーのほうへ顔を傾けた。

「あなた、何を言い出すの？」

と言ったナンシーの顔には、ふいに、何かの発作を起した病人のような、蒼《あお》ざめた恐怖の表情があらわれた。顔じゅうの皺が、俄《にわ》かに緊張して、そば立ち、波打つかのようだった。

「いや、まあ、ききなさい」と大佐は命令口調で、「今の君のすばらしさを、この暗いエピソードが引立ててくれるだろう。何事も、影あればこそ光りがあるのだ。トシオ、ききたまえ。

朝鮮事変のときだった。私は朝鮮へ飛ばされ、あの赤い禿山《はげやま》の戦場で、あの、乾いた空で、苦しい戦闘をつづけていた。第二次大戦のときはヨーロッパにいたが、それよりもずっと辛い、危険な、いつ命がなくなるかわからぬ戦争だった。その私の留守にナンシーは……」

「あなた、何を言い出すの、ジョージ！」

「……その私の留守に、私が命を的に戦っている留守に、ナンシーは、おそらく留守のさびしさに耐えかねてだろう」

「おお、ジョージ！」

「町のつまらない銀行づとめの男と、あやまちを犯したのだ」

「おお、ジョージ！　何だって、そんなことを……」

ナンシーは、目に涙をいっぱい浮べて、口に手をあてていた。その手が小刻みに慄《ふる》えている。

「まあ、いい。ききなさい。もう過去の話だからこそ、私はこうして平気で語れるのだ。

やっと朝鮮事変が片付いて、私は幸い、傷一つ負わずに帰還した。ただナンシーに会うのがたのしみで。ただナンシーと抱き合って再会を喜ぶのがたのしみで。……それればかり考え、それればかり夢みながら帰ってきた。帰還命令が下ってから、私はナンシーの写真に『もうじき会えるよ』とささやきかけながら、何度キスしたことだろう。

ところがだ、トシオ、私は家へかえってから一ヶ月もたって、近所の人の噂からはじめてそれを知ったのだ。せめてナンシーの口からその前に告白をきいていれば、どんなに助かったろうに。

私が帰ったとき、飛行場へ迎えに来ていたナンシーと抱き合ったときの喜びは忘れられない」

「おお、ジョージ！」

ナンシーは、白粉《おしろい》を涙で融《と》かして斑《まだ》らになった頰にハンカチをあて、もはや呆然《ぼうぜん》となったような目つきで、良人《おっと》の顔を見つめていた。絢子はナンシーが発狂するのではないかというような恐怖を感じた。一方、大佐は怖ろしい顔つきに一種の陶酔をにじませて喋りつづけた。

「そのとき私は、自分が世界中で一番倖《しあわ》せな男だと確信していたのだ。あとになってみると、そのときの確信が腹立たしいし、妻の顔つきに何の兆候も発見しなかった自分の鈍感さが腹立たしい。

一ト月たって、ふと近所の人たちと話していて、何かの話から、

『お国の為に戦っている軍人の留守を狙って、奥さんを誘惑するような男がこの町にいることは全く腹立たしい。あんな男のいる銀行になんか、誰が預金をしてやるものか』

と言い出した人があって、ふと私が聴耳を立てると、相手がパタリと話を止め、まわりの人間も気まずそうに黙ってしまったのが、私にはひどく気になった。

こういう直情径行の性格の私だから、それからというものは、心の中に生れた不安をガムシャラに追究して、近所の人たちの噂の真偽をたしかめるのに、そう時間はかからなかった。

ああ、今でも思い出す。或《あ》る晩、私がとうとう一番触れたくない問題について、妻を問いただし、はじめは否定していたナンシーが、ついに泣き崩れて、涙ながらに告白して、私にゆるしを乞《こ》うたのを。

あの晩、庭では蟋蟀《こおろぎ》が鳴いていた。私はごらんのとおり勇猛な軍人だ。戦場でも、

蟋蟀の声なんかに耳をとめたことはない。しかし、妻を問いつめて問いつめて、頑強に黙りこくった妻の返事を待つあいだ、煮えくりかえるような思いをこらえていた私の耳を、窓のところで鳴いていた蟋蟀の声だけが占めていたのだ。なあ、ナンシー」

「ジョージ！　ごめんなさいね。ジョージ、ジョージ。それでもあなたは私をゆるしてくれたのね」

ナンシーは、もう、テーブルに肱《ひじ》をついた片手で額を辛うじて支え、肩をふるわせて泣いていた。絢子も俊男と目で話し合う余裕もなく、他のテーブルの客たちがこちらを見て見ぬふりをしている気配が、却《かえ》って鮮明に感じられてきて、居たたまれなかった。

「そうだ。それからは解決は急転直下、作戦はすべて成功裡《せいこうり》に終った。私はその銀行員を呼び出して妻の面前で殴打するという目論見《もくろみ》を話し、ナンシーも、決して愛していない男が殴られるのを見ても何ともない、というので、その通り決行した。

そいつは弱虫の卑怯《ひきょう》者で、虫酸の走るような男だった。

銀行のかえりを待伏せて、夫婦でこれから招待したいところがあると申出たとき、その男は真蒼《まっさお》になった。私は自分の車の後部座席にそいつを乗せ、妻は助手台に乗っていた。三人とも無言のまま、車は町外れの沼を囲む森へ来て止った。丁度月が出るところで、町のほうのネオンのあかりにほんのり赤く染っている空の上に、たよりなげに月が浮んでいた。

男は私につかみ出されると、はじめは抵抗したが、ついには地面に手をついてあやまり、犬のように這《は》いつくばって、私のゆるしを乞うた。

私は殴ろうと身構えたが、だんだん、こんなみじめな弱虫を殴るのがイヤになってきた。ふと躊躇《ちゅうちょ》して、妻の顔をふりかえると、松木立のあいだからさしてくる月の光りに、ナンシーの冷たい白い顔がうかんだ。私はこんなに怖ろしいほど美しいナンシーの顔を見たことがない。

『殴りなさいよ。私は平気だわ』

とその顔が言っているように見える。その表情を見て、私の中にふと空洞のような安心感が生れて、もう男を殴る気はなくなった。

男はあくる日、銀行に辞表を出して、どこか知らぬ町へ流れて行ったようだ。

われわれの間は平和に戻った。心の傷は、少しずつ、少しずつ癒《い》やされ、ナンシーは理想的なやさしい妻になり、こうして今や、赤の他人の君たちにも、こういう話ができるようになったのだ。

どうだね、トシオとアヤコ。結婚の愛を固めるには、これだけの苦悩が要るのだ。

その苦悩を乗り越えて強く生きてゆかなければ、本当の愛は完成しない。実に、実に、苦難の道だということを知らねばいけないよ。これがわれわれの、君らに与える最大の教訓だ。いいかね。人生は甘いキャンデーばかりではない。二人で苦い苦い薬も、目をつぶって呑《の》み込まねばならないことがあるのだよ。それも一旦《いったん》病気になったら、健康を恢復《かいふく》するためにはね。

おお、可愛い可愛い美しいナンシー、もう泣くんじゃないよ。今われわれはこんなに愛し合っているんじゃないか。さあ、このハンカチで涙を拭《ぬぐ》って」

と大佐は胸ポケットから白いハンカチを鷲《わし》づかみにして、妻の目に押しつけた。ナンシーはそのハンカチにすがりつくようにして、

「キューン」

というジェット機のような音を立てて洟《はな》をかんだ。

俊男も絢子もすっかり毒気を抜かれたが、デザートの間、会話はたのしい話題に戻って、いささか不自然ながら、夫婦はケロリとしてハワイの島めぐりの話などをしはじめたので、二人もやっと合槌《あいづち》を打ったり会話に加わったりすることができるようになった。

長い晩餐《ばんさん》が終って、四人はホテルへ戻り、ドアの前でおやすみを言って、部屋に引きこもった。

26

——部屋に戻ると、二人はくたびれて、それぞれの椅子に深く体を埋《うず》めてしまった。

「ヤレヤレ、ひどい目に会っちゃったな」

「こんなことになるとは思わなかったわ」

「非常識の極致だな。初対面の人を晩飯に呼んで、そこであんな話をながながとするなんて。いや、それともあの連中は、わざと日本人を相手に選んで、羞恥心《しゅうちしん》と体面を免がれて、永年胸につもっていたことをブチまけたのかもしれないよ。それにしてもイヤな後味だな。一体全体、……僕はこんなヘンな連中に会ったのははじめてだよ。日本人が外人に対して想像している社交上のエチケットなんて、どこかへ吹っ飛んでしまってるんだから。ヤレヤレ、おどろきだ」

「大へんな人たちにつかまったものね。これで明日からも、あの調子でつかまりっ放しになるのかしら」

「そうだ。その対策を考えておかなくちゃならんぞ」

二人はそうやって花々しく共同防衛作戦を張ることで、今しがたきいた話が自分たちの人生のゆくてに投げる不安な暗影から目をそらしていた。それは考えるだに不快な予測で、新婚の二人の心に、ほんの小さな影でさえも、本来落してはならないものだった。

しかし、夫婦のあのバカに気の合った暗い懺悔《ざんげ》には、ふしぎな真実性があった。粗暴な軍人としか見えないジョージ・マクドナルドが、夫婦の秘密に触れたあの話となると、おどろくほどの鋭敏な感覚を持っていることを証明した。片附いたから話せる、と大佐は言ったが、夫婦のあの様子では、まだまだ心の中に暗い糸を引いてつづいているのがありありとわかった。

「私、怖くなったわ」

「僕もだ」

二人は自分たちの幸福について、今ではひどくエゴイスティックになっていた。折角のハワイの青い空が、他人の思い出の黒い煤《すす》けた雲で汚されるのはやりきれなかった。もっと怖ろしいことは、明日からののこる数日を同じホテルで、大佐夫妻の完全な捕虜になり、朝から晩まで向うの思うままに動かされてしまうことだった。

二人はそれから真剣に相談したが、外敵にそなえてこういう相談に熱中するのは、いかにも二人の関心と利害が完全に一致していることを思わせて気持がよかった。

と云っても、何も結論が出ないのでは仕方がない。明日から絢子が仮病を使うという手もあるが、それでは二人で外出することもできないし、第一、大佐夫妻が却《かえ》って看病にやってきて、収拾のつかないことになるかもしれない。

知恵のない話だが、置手紙をのこして、今夜中にこのホテルを逃げ出すほかはない。

そうと決ったら、善はいそげ、いそいで荷造りをし、いそいでほかのホテルの部屋を探し、いそいで置手紙を書き、夜陰に乗じて、いそいでこのホテルを逃げ出さねばならない。夜逃げをしても、ほかのホテルが満員だったら、野宿をする他はなくなるから、まずその部屋探しからはじめねばならない。

「どこになさる？ ロイヤル・ハワイアンをきいてみたら？」

と何の気なしに絢子がきいたことから、それまで緊密そのものだった二人の間に、何か一瞬冷たい空気が流れ込んできた。

「なぜ？」

と俊男は、こころもち尖《とが》った声できいた。

「なぜって、別に」

と絢子は怖れながら答えた。二人の間に、滝川夫人が白馬にまたがって跳び込んで来たような気がした。

一寸《ちょっと》永すぎる沈黙が流れた。

俊男は明らかに太平洋の彼方《かなた》から投げかけられた投索《なげなわ》が、自分の首に巻きついたのを感じたのである。そこで彼は、いつものように、しゃにむにそれをふりほどこうとする他はなかった。

「ロイヤル・ハワイアンはやめよう。それより、昼間何度も前を通ったカラカウア・アヴェニューのマケリスタア・ホテルというのがあったじゃないか。あれは感じのよさそうなホテルだった。但し海沿いじゃないけれど、それでもいいかい？」

「ええ構わないわ」

そこで俊男は小鳥の囀《さえず》りを立てる電話機の前に陣取って、英語でビジネスをはじめる構えになった。そのひろい背中は、見るからにたのもしかった。

交換台にマケリスタア・ホテルをたのみ、向うの予約係が出てくると、彼は海に面した部屋の有無をきき、大体ここと同価格の部屋をキャッチした。あと一時間後に到着すると云って、名前を告げ、話は実に簡単に済んでしまった。案ずるより生むが易しとはこのことだった。

「却ってホテルが変るのも面白くていいわ。ただ向うへ移ったら、東京へ電報を出しましょうよ。もし急用でもあったときに、行方不明だったら心配するから」

「それは委《まか》しとき。じゃ、僕はこれからここのフロントへ、すぐチェック・アウトすることを話して、勘定をすませてくるから」

「その間に荷造りをすませておくわ」

「OK」

彼は片目をつぶって、風のように部屋を出て行った。一人で荷造りをしている絢子は、急にこんな夜逃げの成行に可笑《おか》しさがこみ上げてきて、鞄《かばん》にものをギュウギュウ詰めるのに力を入れると、ますます可笑しくなってしまって困った。

——一方、俊男は、一人でフロントへ下りてゆくと、土民小屋の棚みたいな造りのフロントの中に、フロント・マンが二人いて、一人は、朽葉色のアロハを着たフランス人の老人とフランス語で話していた。

もう一人の方は手が空いているらしかったので、

「今急にチェック・アウトすることになったから勘定を」

と手みじかにいうと、その青ざめた神経質そうな青年は、面倒くさそうにOKと言って、理由を一つもきかずに、計算機に紙をはさんで仔細《しさい》らしく動かしだした。

耳もとで、一寸フランス訛《なま》りの英語で、

「お若い方。あなたもマクドナルド大佐の犠牲者《ヴィクティム》だね」

という声をきいて、俊男はびっくりして振り向いた。今までフランス語で、身ぶり手ぶりもゆたかに話していた銀髪の老人が、急に英語で話し出したのだった。

又こんな人につかまっては大変だと思って、俊男がおどろきながらも警戒気味に、あいまいな微笑をうかべて黙っていると、もうその老人に片腕をつかまれていた。小柄なわりにおそろしく強い力である。

「一寸そこで話そう」

とロビィの天井にとどくほどの熱帯樹の紫いろの寄生蘭の花々のかげのソファを、老人が目で指し示しながら、俊男を引きずって行くので、彼はむりにふりほどくこともできず、自分の不運はいつまでつづくのかと憂鬱《ゆううつ》になった。

そこへ階段から、やはり朽葉色のムームーを着た、姥桜《うばざくら》ながら美しいフランス婦人が降りてきた。

「テレーズ！」

と老人は呼びかけ、俊男の腕をつかんだまま、早いフランス語で二言三言話してから、俊男を夫婦の間へ坐《すわ》らせた。そして、あんまり上手な英語ではないが、酒くさい息を吐きながら、老人は押しつけがましい口調でこう言うのだった。

「さっき君たちは、マクドナルド大佐夫妻と一緒にホテルへ帰って来たね。あんまり美しい若々しいカプルだから、人の噂をすることはいけないけれど、私も黙っていられなくて話すのだ。君たちは今夜、むりやりマクドナルド大佐夫妻に夕食に誘われたんだろう」

「ええ、そうです」

老夫婦は目を見交わして、大袈裟《おおげさ》に瞳《ひとみ》をでんぐり返させてみせた。

「それで、君たちは、食事のあいだに、大佐が朝鮮事変で出征していた留守に、奥さんが浮気をしていたという話を、鳴物入りできかされたろう」

「そうです」と俊男はおどろいて、「しかし又、どうしてそれを御存知なんです」

「いや、私たちも同じ目に会ったのさ。これで、君は三組目の犠牲者さ。私たちの前にもう一組いるから。……いいかね、あの人たちは、どういうものか、アメリカ人以外の外国人の夫婦をつかまえて、夕食をおごって、むりやりあの話をきかせるのが趣味らしいのだ。何んとも奇妙な話だが、それがあの夫婦の気の合った趣味なんだから仕方がない。私にはあの大佐は、戦争で多少頭がおかしくなっているのではないかと思えるし、あの話が全部本当かどうかもわからないし、たとえ嘘でも、奥さんは完全に真に迫った演技をしているし、とにかく本当のところはわからない。しかしただ一つ安心なことは、あの話をきかせたあくる日からは、私が誓って言うが、彼らは君たちには洟《はな》も引っかけなくなるよ。だからあわててホテルを変える必要はないんだよ」

ただただ意外な話で、俊男は、すぐそこに又マクドナルド大佐がうろうろしていそうな気がして、ロビイの外れの、赤や黄のランタンが浮んでいる暗いバアの奥を見透かした。

「大丈夫。大丈夫。大佐夫婦はここへ出てくるわけはないさ。おわかりかね。あの話をして泣きわめいたあとは、すぐ自分の部屋へ閉じこもって、もう決して朝まで出て来ないのだ。わかるかね」

「多分恥かしいからでしょう」

「はっはっは。君は若いよ。あと十年もたつと、私の言った意味がわかるようになる」

この英語がテレーズにはききとれなかったらしく、彼女は良人《おっと》に反問して、良人がフランス語で言い直すと、彼女は、

「オー！」

と目を丸くして、それから笑い出した。

——頭のすっかり混乱した俊男は、勘定もそのままにして、部屋へ駈《か》けのぼって、絢子に今起ったことをすっかり話した。

絢子もびっくりして、人間と人生の神秘の底知れなさに、気味のわるい思いをしたが、もうここまで来た以上、ホテルを変ることには二人とも賛成で、予定どおり行動することにした。

ハワイの新婚旅行では、くさぐさのたのしい思い出が、満載した熱帯の果物籠《かご》のように豊かだったが、その中の、一個の腐った異臭を放つ果物にも似たマクドナル

ド夫妻の思い出は、いつまでも頭に残った。

27

新婚旅行からかえるとすぐ、俊男と絢子の日常生活がはじまった。

一週間ほどは無事にすぎ、二週目から絢子は又、乗馬クラブへ通いだした。

ふしぎなくらい静かな充ち足りた生活だった。二人は顔を合せればもう愛し合っていた。絢子はこういう成行について、一々おどろいているほど初心《うぶ》ではなかったが、こんなに一どきに激しく愛されてよいものだろうか、という一抹の不安をも感じた。その貪《むさぼ》るような愛には、獣が外敵の略奪をおそれて、あわてて餌にかぶりつくような不安が隠れているようにも思われた。

事実、俊男の、どちらかというと冷たい優雅な外見に比べると、その寝室の行為は、思い切って無遠慮だった。と云って粗暴で暴力的だというのではなく、たとえば、よく性の問題の相談室にあらわれる事例のような、新婚の良人《おっと》の荒々しい行為が新妻を男性恐怖に陥れると云った風なのとはまるでちがって、何ともいえぬやさしさ甘さのうちに、何ともいえぬ無遠慮と、敢《あえ》て云えば下品さが入りまじっていた。

もちろんそれは、理想的な状態だと云ってもよかった。絢子にはことさら「上品に」愛されようなどという偽善はなかったからである。

それでも、昼間の俊男と夜の俊男との不調和は、絢子に少しも滑稽《こっけい》さは感じさせなかったけれども、今さらながら人間の複雑さを教えた。とりつく島のないようなダーク・スーツ姿の俊男の、白いカラーから抜きん出た端正な横顔のどこに、これほど激しい嗜慾《しよく》が隠れているか、ふしぎだった。彼の理智と彼の性慾は截然《せつぜん》と別の世界に住んでいた。そして時折彼の愛し方には、深い嘆息のようなものがあると絢子は感じた。

愛されることによって、自分が大きくふくらみ、開花し、育ってゆくという実感にはまだ至らなかった。端的にいうと、絢子は、愛されることに忙殺されていた、というほうが当っていたろう。

もちろんこれは幸福な状態で、新婚の夫婦は、当然そうあらねばならなかった。絢子はその日その日の夕食の献立を考えて良人を待つことのたのしみを知った。幾分まだ、すべてにおままごと的なところがあったけれども。

おままごと的というのは、生活のリアリティーの欠如だった。いきなり貧乏生活に入るのならともかく、家具一式が整った美しいフラットに入って、良人が会社へ行ったあと、一人きりになって、絨毯《じゅうたん》掃除をやったり、家具を磨いたりしていると、何だか、芝居の大道具係が、幕のあく前に、舞台装置を点検しているような気分になっている。

そうかと云って、台所に入っていれば、ジュラルミンの流しに当る水音ばかりがいたずらに高い。

テレビを見ていれば、いかにも怠けものの女が、自堕落な時間つぶしをやっているようで気がさすが、実家へ遊びにゆくのは、まだ慎しまねばならぬ段階である。

それに、おそらく両家がしめし合せたものとみえて、ハワイからかえった二人が、一回は滝川夫人を訪ね、一回は絢子の実家を訪ねたあとは、両家から一切電話がかかって来なくなった。滝川夫人にもそろそろ御機嫌伺いの電話をかけるべき時期かもしれないが、もしこれが癖になって、頻繁に電話をかけ合うようなことになると、俊男の機嫌を損なうことになるのが怖ろしく、絢子は何となく控える気持になった。

そうして絢子が、朝出勤するときの俊男に、

「今日は久しぶりに馬へ行ってみるわ」

「ああ、そうしろよ」

という返事をもらって帝国乗馬クラブへ出かけたのは、十日あまり二人きりの生活をつづけたあとであった。

28

それは三月半ばの、いかにも春らしい陽気の日だったが、風が強く、クラブへ近づくにつれて、馬場の空に立ちのぼる黄いろい砂塵《さじん》が見え、馬好きの人だけにわかるその埃《ほこり》っぽさへの郷愁が、絢子の胸に泛《うか》んできた。

絢子はもちろん自馬を持っていなかったので、事務所の馬割《うまわり》の係へ行って、彼女がよく乗っていた鳴滝《なるたき》という栗毛の馬は今空いているかどうかとたずねたが、電話で予約しておかなかったのに、幸いその「鳴滝」は空いていて、この小さな幸運を絢子は喜んだ。

厩舎《きゅうしゃ》へ行くと、顔馴染《かおなじみ》の、無遠慮な口をきく馬丁が、

「よお、若奥さん。結婚したら、とたんにきれいになったなア」

と、馬のような大きな歯の並んだ口をひろげて言った。

本当は会員の婦人に対するこんな馴《な》れ馴れしい口の利き方は、クラブでは固く禁じられているのだった。むかしオリンピックに出たことのある老先生は、こういうことを特にやかましく言ったが、先生の十九世紀風の貴族趣味は今時の若者には通じなかった。そして婦人会員のほうも、こんなザックバランな応対を愛していたの

で、誰も老先生にいいつける人はいなかったのである。

久々に会う栗毛の鳴滝は、絢子をよく覚えていて鼻面を寄せてきた。そして白い涎《よだれ》を絢子の乗馬服の紺いろの羅紗《ラシャ》地になすりつけて甘ったれた。絢子はその白毛の一線のとおった硬い鼻梁《びりょう》を撫《な》でてやりながら、馬丁に叱られぬように、そっと掌《てのひら》に忍ばせていた角砂糖を馬の口に放り込んだ。馬はすっかり満足して、とろけそうな表情で、血走った目を潤ませ、耳を軽く寝かせて、前足を軽く足搔《あが》いた。

馬場へ出ると、砂塵のなかに、すでに数頭の馬が蹄跡《ていせき》行進をしていた。初心者らしく、老先生が先頭に立っていた。

もう一つ向うの馬場に、一騎だけ、高等馬術の練習をしている婦人会員があって、遠くから、滝川夫人だとすぐ気がついた。

絢子は、老先生に軽く会釈をしてから、馬を並足で砂塵の中を進め、向うの馬場の柵《さく》の外に立って、夫人がこちらを気づくのを待った。

「おかあさま！」

とついに絢子は叫んだ。叫ぶ声は風に吹きちぎられた。

なぜ、向うが気づくのを待ちながら、こちらが先に叫んでしまったかといえば、そこに微妙な心理的なタイミングが量られていたにちがいない。前足を巧妙に上げ下げする馬の足に気をとられながら、鞍上《あんじょう》で、決して反動を抜かずに、上下に揺られている滝川夫人の姿は、灰色の乗馬服の背がいつもより丸く見えて、いいしれぬ孤独の印象を与えたのである。

そして、そう云ってよければ、直観的に絢子は、そこに、夫人の孤独そのものよりも、孤独を見せつけようとする孤独の演技の匂いを嗅《か》いだのだった。

風は強くても、日はうららかなので、夫人の鹿毛《かげ》の馬は、馬場の砂上にくっきりした影を落していた。そして夫人の影も。それはいつになく、老いた感じのする影であった。

そう感じたとたんに、

「おかあさま！」

と絢子は叫んだのである。

夫人はこちらを向くと、風の中で困惑したような微笑を浮べて、いそいで馬首をこちらへ転じたが、多分それは困惑の表情ではなくて、いつものあけっぴろげな笑顔を、埃っぽい風が歪《ゆが》めたのにすぎなかった。

「あら、来てたの」

「今日はじめて……」

「入ってらっしゃいよ。スペイン常歩《なみあし》を教えて上げるから」

「あら、私、そんなむずかしいの、とてもだめだわ」

そう言いながら、絢子は馬場へ入って行ったが、見ていると、滝川夫人は、注意深く馬の首筋のあたりを見つめながら、馬の前足を交互に、ひょいひょいと上げさせた。馬のほうもこの舞踊に乗り気になっているようだった。

「どうすればそんな風に出来ますの」

「どうすれば、って、努力だけだわ」

馬上で、こちらへ顔を向けずに言う滝川夫人の声には、いくらかそっけない響きがあった。

「よほど調教してある馬でなくちゃだめでしょう？」

「そうね。鳴滝じゃね。田舎のおじいさんにワルツを教えるようなものですもの」

夫人は教えて上げるといいながら、別に積極的に教えてくれる様子はなかった。その上砂埃《すなぼこり》を含んだ風が会話を妨げるので、絢子はあきらめて、自分ひとりで、斜め横歩《よこあし》の練習をはじめた。それは、前足がX型に交叉《こうさ》して歩くようになるべきであるが、どうしてもそうならず、ともすると、馬はただの横歩をドタドタとくりかえすだけなのである。

さんざん苦労したあげく、絢子は隣りの馬場の初歩的な輪乗りの練習が羨《うらや》ましくなり、あそこへ入ったら、自分も相当な腕を見せられるのがわかっていたから、夫人に軽く会釈して隣りの馬場へ移ったが、練習に夢中な夫人は会釈を返さなかった。

「輪乗ォりィを閉じてェ！」

と老先生が旧軍人の鍛え上げた声で号令をかけていた。

小学生をまじえた八頭の馬は、けんめいに丸い大きな輪を、小さくちぢめようと苦心していた。

「ほうら、右手前、右手前！」

と、左手前で速歩《はやあし》をしている学生が叱られていた。

「輪乗ォりィを開けェ！」

輪をだんだん大きくひらいてゆくのは、絢子には楽だったが、そう言われるだけであわてふためいて、却《かえ》って輪の中心へつっ込んできてしまう人もあった。

そして、この砂埃のなかで一つのあばれ廻《まわ》る試験問題と格闘している生徒たちは、あるいは茶色のスカーフをなびかせ、あるいは学生帽の顎紐《あごひも》をかけて、けんめいに大勒《たいろく》を握りしめていた。

29

練習時間がおわると、すぐ平服に着かえて帰ってゆく人もあれば、乗馬服のままクラブ・ハウスでいつまでもお茶を呑《の》んだり、新聞を読んだりして、時間をつぶしてゆく人もある。

クラブ・ハウスは、木造の、外見は質素な洋館だったが、一歩中へ入ると、このクラブの歴史の古さと由緒に襟を正すような具合になっていた。戦前のオリンピックの賞牌《しょうはい》もここに飾られ、むかしからの会員の寄附にかかる美術品や家具が、そこをいかにも優雅な、馬糞《ばふん》くさくない客間に見せていた。伊太利《イタリー》大理石のマンテルピースには、サラブレッドの名馬のブロンズ像が飾られ、その上の鏡の枠にも、馬蹄《ばてい》の模様があしらわれ、椅子はどれもゆったりして、織物の生地《きじ》も床しかったが、面白いのは、クラブ員が自分で薬缶《やかん》にお茶の葉を入れてお茶をのむようになっている日本的な習慣で、こればかりは安物の茶器が、フランス風の寄木細工《よせぎざいく》のテーブルの上に置かれていたりした。

絢子がお茶を入れて、滝川夫人のところへもってゆくと、

「ひどい埃《ほこり》！　家へかえって早くシャワーを浴びなくちゃ」

と夫人はコンパクトをのぞいて、髪に指をつっこみながら、ひとり言を言っているところだった。

「ありがとう」

と夫人はいつもながらの溶けそうな微笑に返って、茶碗《ちゃわん》をうけとった。

「まあ、お掛けなさいよ」

「ええ」

「しばらく会わないのね」

「つい、御無沙汰《ごぶさた》ばかり」

「面白いものね。結婚式までは、俊男とあなたが会うより、私とあなたが会ってるほうが頻繁な程だったのに。でも、とても幸福そうね。よかったわ、本当に。私、俊男とあなたが幸福なら、他に何もいうことはないの」

こういう言い方をされると、挨拶《あいさつ》に困るものだ。絢子は黙ってほほえんでいるほかはなかった。彼女も実のところは、埃をかぶった髪を、シャンプーなどと贅沢《ぜいたく》を言わず、ありあわせの石鹸《せっけん》で、即座に洗ってしまいたい気持だったが、夫人がそのままにしているのに自分だけ勝手な真似もできず、風が鳴らしている窓枠にたまっている黄いろっぽい春の埃を、見るともなしに眺めていた。やがてこの風のなかで桜が自暴自棄みたいにいっぱい咲きだす季節である。

夫人は鞭《むち》で目の前の椅子のクッションを軽く叩《たた》きながら、いつになく倦《だる》そうな口調で喋《しゃべ》りつづけた。

「ハワイへあなたが行っている間は、何だか心配で仕方がなかったけれど、帰ってきてあのマンションにいると思うと、もう同じ東京の中だと思うせいか、すっかり安心したわ。あなたに任せておけば何もかも大丈夫だし。それに、今は、あなた方の幸福をほんのすこしでも邪魔したくない気持でいっぱいでね。年をとるとね、絢子さん、邪魔者扱いをされたくないという気持が却《かえ》って一番剣呑《けんのん》なのよ。そういう気持を持つことは、邪魔をするはじまりですものね」

「あら、そんなこと仰言《おっしゃ》って。遊びに来て下さったら、私の下手なお料理を試食していただけるのに」

そう言いながら、絢子はわれながら空々しい挨拶のような気がしたが、夫人は、

「ダメダメ、そんなことを言っても。あなたの顔には、今誰にも邪魔されたくないという気持がはっきり書いてあるから。でも、何よりね、あなたの毎日のお献立にも、俊男はすっかり満足しているらしいし、一昨日《おととい》来たときもそう言っていたから……」

「一昨日？　誰が？」

と絢子はきき咎《とが》めた。

「誰がって、俊男が来てそう言ってたわ」

一昨日。俊男の帰宅は、そういえば、三時間ほどおくれて、その上大分酒が入っていたが、彼は何の予告もせず、夕食をすませて来たことにも弁解もしなかった。

賢明な絢子は不愉快な素振ひとつしなかった。よくあることだが、若い良人《おっと》はそうやって、わざと謎を持たせ、妻を訓練することがあるということを、絢子はきいて

いたし、それにはきっと悪友の入知恵があるにちがいないが、実際は何一つ悪事を働らいているわけではない。ただの思わせぶりなのだ、と絢子は良人を信じていた。しかし、妻に黙って母親にこっそり会いにゆくとは何事だろう。何だか灰汁《あく》のようなものが胸底に溜《たま》ってゆく想いで、絢子がほんの一瞬強《こわ》ばらせた表情を、滝川夫人は見のがさなかった。

「あら、あなたに言わないの？」

「ええ」

と絢子は仕方なく答えたが、そのとき、滝川夫人の目が歓喜にかがやいたのを、今度は絢子のほうが見のがさなかった。

「へんねえ。どうして言わないのでしょう」

「きっと忘れたんだと思いますわ」

「忘れるなんて、第一、そんなことを何故隠すんでしょう。へんな子ね。母親に会いにゆくのが、何か大へんな悪事みたいに。

ねえ、絢子さん」

と夫人は俄《にわ》かに、蜜《みつ》のように甘くやさしくなった。

「あなた、しっかり手綱を握っていなくてはダメよ。私に逢《あ》いに来たのなら、隠したって、あとでわかって笑い話になるだけだけれど、ほかのことだったら、どうなさる？　お嫁さんに向って自分の息子の悪口を言うのもへんなのだけれど、あの子にはどこか、ひどく変った怖ろしいみたいなところがあるの。私、はじめてあの子に紹介したときもそう言ったでしょう。

でも、あなた方が本当に愛し合っているのがわかったから、私それ以上何も言わなかったのよ。あの子をあなたがだんだん変えて行ってくれることに希望を持ったの」

「それで……」と、ついぞ人の話に割り込まぬ躾《しつけ》を与えられていた絢子は、思わず気がせいて口を出した。「おととい、あの人、何か私のことを言っていました？」

「いいえ、別に」

と夫人はおどろいたように目を丸くして言った。

しかし、強いて疑えば、その即座の否定は用意されたもののようでもあり、又、もし本当だとしても、新婚早々の良人が母に、妻のことを何も言わないのも不自然だと思われた。絢子はひどく心を傷つけられた。

滝川夫人の声はさらにやさしくなった。丁度クラブ・ハウスには誰もいなくなって、壁の大障害飛越のイギリスの油絵の額の一角に、窓の木立が風にはげしく揺れるままに、たえず散乱している日光が届いていたが、夫人のすっかり埃をかぶって白くなった長靴《ちょうか》が、いかにものびのびと絨毯《じゅうたん》の上へ揃えてのばされて、両手で扱う鞭も音楽のようにしなやかに、丁度仲のよい母娘が平和な居間で語り合っているような雰囲気があった。二頭の竿立《さおだ》ちになった馬が支えている置時計の、時を刻む音が綿密につづいていた。

「ねえ、絢子さん、いつまでも私を友だちだと思ってね。困ったことがあったら何でも相談してね。私、あなたをもう本当の娘としか思えないんだもの。息子のほうはいなくなって、代りに娘ができたと思わなくては、私、何しろ一人ぼっちですからね。あなたのためなら、何でもしてあげようと思っているのだから、遠慮なさっちゃだめよ」

「ええ、おかあさま」

傷つけられた心に今度は甘い糖蜜《とうみつ》をかけられたような気持がする一方では、夫人の哀れっぽさに、今度は幸福な自分の優越感がのしかかってきて、同情とやさしさが絢子の心に湧いた。

「ありがとう、絢子さん」

と夫人は、革手袋のままの手を、絢子の指先にからめて、その華奢《きやしや》な指を一寸《ちよつと》握りしめた。そこで、又、夫人は急に目をいきいきとかがやかせて、変貌《へんぼう》した。

「それはそうと、さ来週、私、スペイン大使とポルトガル大使とスイス大使夫妻をお招きして、家でディナーをやりたいと思っているのよ。花山宮《かざんのみや》妃殿下を主賓にお招きして、ブラック・タイで、……そう、松本さんもお呼びする。あなたたちもどうしても来て頂戴《ちょうだい》ね。それから、あなたのお宅でも、そろそろ家の中が片附いたら、ビュフェ形式でいいから、皆さんをお呼びするべきだと思うのよ。あんまり永いこと放置《ほう》っておいてはいけないわ。そのときは、私いくらでもお手つだいするし、いくらでも相談に乗るわ。たとえばお客は、クラーク夫妻と、デュヴェリー夫妻と……」

夫人はたちどころに、十五人の外人の名前をあげた。「それはそうと、あのね……」

夫人の話題が前後して混乱しはじめるときは、必ず彼女の上機嫌を現わしていた。

「今度のブラック・タイ・ディナーのときのことだけれど、私、今、新しいイヴニングをいそいで作らせようとしているところで、明日、オートクチュールの宮村へ生地を見に行くのよ。一緒に行かない？　なるたけ日本風な感じのする生地を揃えさせているんだけれど、正倉院模様じゃカーテンみたいでしょ。江戸小袖《こそで》かなんかで、ちょっと渋いものを、思い切ったデザインで誂《あつら》えたらいいと思うんだけれど、ああ、あなた、一緒に来てくださったら、あなたにも一着作ってあげたいわ。もちろんお好みのものでいいのよ。私、干渉なんかしなくてよ。あなたは若くてきれいなんだから、どんな大胆な柄でもデザインでもお似合いになるわ。それはそうと、ミニ・スカートってどう思う？　あれはちょっと許せないわねね」

靴の白い埃もそのままにして、夫人の長い服飾談義がそれからつづいた。それは

みしめていることができた。
空できながら、心の一隅にわだかまる物思いを、虫歯の痛みのように、じっと噛《か》
ほとんど独白《モノロオグ》で、絢子が口を出すチャンスはなかったが、それだけに、彼女は上の

30

――俊男はその晩もややおそく帰ってきたけれども、夕食はまだだった。

絢子はそれをたしかめると、ほっとして、タン・シチューを温蔵庫からとりだして、食堂へもって行った。

「きょうは犢《こうし》のタンなのよ」

「うん。それはいいな」

と俊男は自分でキャビネットから出してきたシェリーをじっくり呑《の》みながら言った。彼は会社からかえってくると、すぐ風呂《ふろ》に入ったり、だらしない恰好《かっこう》をしたがったりする良人《おっと》ではなかった。ネクタイもそのままで、上着だけをくつろいだ、軽いジャージーの濃い臙脂《えんじ》のジャケットに変えていた。

その日の夕食は十分幸福だったから、絢子は、彼が帰宅するまではすぐ問い質《ただ》そうと思っていたことを切り出しかねていた。

思えば、それはつまらない、何ら重大ではない隠し立てについて、絢子がこだわっているだけのことかもしれなかった。彼女の観念がそれをみるみる養い育て、肥《ふと》らせてしまったのだ。しかし、もうそれを自然に口に出すことは不可能で、それなら黙っていればすむかといえば、黙っていればいるほど、しこりはいよいよ重みを増して、耐えられなくなってしまいそうな気がした。夕食のあいだだけ、そのことに触れずにいよう、という決心も怪しくなり、つとめてにこやかにしている顔つきが、自分でも硬《こわ》ばっているのがわかった。

とうとう絢子は、無邪気にシチューを喰《た》べている俊男の顔へ向って、こう言いかけずにはいられなかった。

「きょう、クラブでお母様にお目にかかったわ」

「そうかい」

「とてもお元気そう。スペイン常歩《なみあし》をやっていらした。あれ全く高級技術ね」

「いやになるね。年甲斐《としがい》もなく」

「お母様が言ってらしたけど、おととい、あなたお母様のところへいらしたの？」

ごく自然に言っているつもりでも、自分の声に尖《とが》ったものがなかったかしら、と絢子は気になった。

「え？」

俊男は、フォークを止めて、真向から絢子の顔を見つめた。そのおどろきがあまり直截《ちょくせつ》なので、この人にはおどろいた顔は似合わない、と絢子は思った。それは冷たい整った俊男の顔を、少なからず莫迦《ばか》に見せた。

「おふくろがそんなことを言ったのかい？」

「ええ、おととい、俊男さんが遊びに来たって」

「えッ」

と俊男はもう一度びっくりして、喰べていたものを嚥《の》み込んでしまった。

「一体何の必要があってそんな嘘をつくんだろう」

「嘘って、あなた、行かなかったの？」

「行くもんか。全くおかしいね。あ、思い出した。電話はかけたんだった」

俊男はそれから実にすらすらと、一昨日《おととい》の夜の状況を話してくれたので、絢子は救われた思いがした。

その日の退社時刻ちかく、むかしの学友が俊男の会社へ訪ねてきて、結婚生活の教訓を叩《たた》き込むために、今夜は女房に無断で一緒に飯を喰《く》えと強要し、すでに二、三人の他の学友にも誘いをかけてあるというので、俊男はやむなく近所の小料理屋まで附合った。

結婚生活の教訓と云ったって、既婚者たちが面白がって、からかったり、いやがらせを言ったりしていたにすぎなかったが、今夜どこへ行った、と決して女房には言わない、ということをむりやり誓わされたのは、俊男の負けだった。

その帰りがけに貿易会社の旧友の一人が、何か外人の名前を言って、それが俊男の母と親しいそうだから、何かの機会に引合せてもらえると、商売上とても助かるのだが、と言うので、俊男は面倒くさかったけれども、旧友のたのみをないがしろにするのもイヤだったから、カウンターの電話をとって、みんなの前で母を呼び出して、友達を紹介して、電話に出てもらった。そして、明日丁度、滝川夫人は、いつか逢《あ》ったアメリカ人の実業家で、石油会社の社長がホテル・オークラで大レセプションをひらくので、そこへ招かれている夫人が、その友達を連れて行ってもいいという話に落付いた。友達が会いたがっている外人は、そのパーティーへ来ている公算がすこぶる大なのであった。

この電話の折、夫人は、世にもはしゃいだ声で、俊男にこう言ったのだった。

「今、どこにいるの。たのしそうね。絢子さんと一緒？」

「いや」

「何やってるの。新婚の奥さんをほうり出して」

「昔の悪友につかまって呑んでるんですよ」

「早く家へおかえりなさい。可哀そうよ」

「うるさいな」

会話はそれだけのことだった。

それがどういう加減か、俊男が夫人を訪ねて来たことに変貌したのであるが、ちょっと電話で話しただけのことを、俊男が家へかえって報告するまでもなかった。

「まあ。そうだったの」

と絢子はそうきくと、つまらないこだわりも癒《い》やされて、きれいさっぱりと、洗いたての白いエプロンをかけるような、幸福の感覚が全身に戻ってきたが、今度は、俊男のほうがこだわりだした。

「しかし、何だっておふくろは、そんなつまらぬ嘘をつくんだろう。それから何て言ってた？」

「いいじゃないの。もうそんなこと」

「それから何て言ってた？」

「あら、あなた知らなかったの、ってふしぎそうに言っていらしたわ」

「全く悪辣《あくらつ》だ。そういうトリックで神経戦をはじめたんだ」

「そんな大袈裟《おおげさ》な。それからあとはとてもやさしくて、イヴニングも作って下さるって言って下さったわ」

「イヴニング？　又パーティーの話だろう」

「ええ」

俊男は暗鬱《あんうつ》に面を曇らせて、それからすっかり不機嫌になってしまった。

心配になった絢子が、

「ねえ、今日のこと、おかあさまに何故嘘をついた、なんて言ってはいやよ。そうしたら私が困ってしまうから」

「何が困るんだ。嘘をついたほうが悪いんじゃないか」

「それはそうだけど。ねえ、本当におかあさまを責めないって約束して」

「わかったよ」

と俊男も黙りこくってしまったが、それ以上追究すると、二人の間の口喧嘩《くちげんか》にまで発展しそうな危惧《きぐ》を感じたので、絢子も口をつぐまざるをえなかった。

これはハワイから帰って以来、はじめて二人の間に漂った険悪な空気だった。今までの外界から断たれた生活の間に、はじめて外界から打ち込まれた強力な楔《くさび》であった。それは抵抗しようもなく、はじめほんの小さな鉄の針のように思われたのが、いつのまにか、太い鉄杭《てっくい》のようになっていた。しかもそれが他ならぬ滝川夫人の側から来たということが、二人の気持を複雑でやりきれないものにしてしまった。もしこれが純然たる第三者から来た攻撃だったら、どんなに二人は力をあわせて防衛の態勢を固めることができたであろう。

——もちろん、あくる朝になると、二人は何のこだわりもなく、忘れたように、明るい笑顔で絢子も俊男を送りだしたが、送り出したとたんに、絢子は、俊男に言うべきであって言わなかったことを考えて、又憂鬱《ゆううつ》になった。きのうからのつづきで、つい言いそびれてしまったのだが、いくら何でもあの感情のつづきで、

「明日お母様とオートクチュールへ行くわ」

と言えば、俊男は禁じたにちがいないし、そうすれば今度は夫人の意に背くことになる。それが心配で言わずじまいにしたことを、今朝は又、折角の朝のいい気分に、夫人のことを言い出してぶちこわしにしたくない、という配慮から、言いそびれてしまったのである。

絢子の幸福感が崩れてしまった。こんなときに相談相手になってくれる人は一人もいない。里の母にでも相談すれば大事になることは目に見えている。

不本意な気持で、外出着に着換えながら、彼女は今度は良人《おっと》の母のために良人を裏切るというイヤな立場に立ったのを考えていた。しかし少くとも絢子は、滝川夫人がイヴニングを作ってくれるという話だけは、俊男の耳に入れておいたのだった。

31

オートクチュールの宮村はいつも混んでいた。新らしいマンションの八階のフラットにあって、知らない人には用がないというお高くとまった店であるのに、お客がお客を紹介し、東京一高価《たか》い店という噂が却《かえ》って評判を増して、「先生」はいつも天手古舞をしていた。

ここへ来るのは、おそらく東京一我儘《わがまま》なお客たちであった。大人しく順番など待ってはいない。待たされている間も、いらいらと立ったり坐《すわ》ったりして、他処《よそ》では人を待たせこそすれ、決して待たされたことのない私なのだということを見せつけていた。

ここのおとくいは、日本の一流の奥様連をほとんど網羅していた。滝川夫人は、約束の時間にはちゃんと来て絢子《あやこ》を待っていた。絢子は夫人の顔を見たとたんに、きのうの嘘を難詰する勇気を失くしてしまった。

どういうものか、あっけらかんとした夫人の表情、顔を合せるなりその顔にうかぶ慈母のごとき微笑を見れば、わだかまりを残しているこちらのほうが卑しい人間に感じられて来るのである。

「よく来て下さったわね。さあ、どんな生地《きじ》でも、お好きなのを選んで頂戴《ちょうだい》」

と言われると、絢子は、

「あら、それよりお義母《かあ》さまのお気に召したのを」

と言わざるをえない。

「だって着るのはあなたじゃないの」

「でも、お義母さまに選んでいただいたほうが」

絢子のこんな返事は、必ずしもおもねりではなかった。賢明な彼女は、人がものをくれるというときに、浅ましく自分の好みを押し通したりしないように気をつけていた。

あれやこれや外国のファッション雑誌のイヴニング姿を比較してみて、一つ雑誌に首をつっこんでいる夫人と絢子は、これ以上はない仲のよい女同士のように見えるのだった。夫人の香水の匂いは鼻先にプンプンして、そのヴェールの下の皺《しわ》の多い頬には、白粉《おしろい》が吹きだまりにたまった埃《ほこり》のように固まってくっついていた。そのやさしい、慈愛の深い顔の中に、どんな嘘つきの魂と、無邪気な悪意が隠されているかと思うと、絢子はしかし、一寸《ちょっと》した戦慄《せんりつ》を感ぜずにはいられなかった。

デザイナーの宮村「先生」が寄ってきて、持ち前のいけぞんざいな口調でこう言った。

「そのデザインは、奥さま、はじめから無理ですよ。それはデザイナーが、体をひねったら忽《たちま》ちホコロビが出るように無理な裁断をして、奇をてらっているにすぎないんですよ。こちらの若奥様なんかには、この次の頁のやつを、私が修正して、こんなドレープ・ワークなんかとっちゃって、すっきりと、渋派手《しぶはで》という調子に仕上げて差上げますよ。この洋服は、この腰のふくらみ具合の、ここの裁断が見せどころなんです。京都のお寺の鐘みたいな微妙な曲線でね。柔らかそうでいて、固い重い感じが必要なんです。生地も柔らかいジョーゼットを何枚も重ねて効果を出しましょう。おーい、このA十六の二番を持って来て、お目にかけなさい」

「先生」が口数多く喋《しゃべ》るだけ、ほかの女客は羨《うらや》ましそうにこちらを見る。なかには、女事務員を相手に、来週アメリカへ発《た》ってワシントンで国務長官の主催のランチョンへ出るのだが、そのときのアフタヌーン・ドレスを大いそぎで作ってもらわねばならぬ、などと、きこえよがしに話している、眼鏡をかけた奥さんもいる。

そのとき入ってきた一人の美しい痩《や》せ形の女があって、「先生」とにっこり目を見交わすと、黙って奥のほうの窓ぎわの椅子に掛け、すぐ大きなファッション雑誌で顔をおおって了《しま》ったが、その入って来方の清爽《せいそう》さと、サーモン・ピンクのスーツの落着いた色気と、ほのかに微笑した目もとの色っぽさは抜群で、只者《ただもの》ではないと思われたが、年のころは明らかに三十五をすぎていた。

それを見送った滝川夫人は、

「まあ挨拶《あいさつ》もしないで」

と不服げに呟《つぶや》いたが、

「御存知の方？」

「ええ、まあね」

「きれいな方ね」

と言うと返事がなかったので、年甲斐《としがい》もなく、夫人はこの美人にヤキモチをやいているのだと推測されて、絢子はそれ以上問い詰めなかった。

やっと気に入った生地とデザインが選ばれて、絢子のイヴニングが決って、そのあと夫人の前からたのんであった洋服の相談がまとまると、もうそのオートクチュールに用はなかったが、階段を下りがけに、絢子は、

「どうもありがとうございました」

と改めてお礼を言った。

「とんでもない。それより、一寸《ちよつと》近くでお昼ごはんを附合ってよ」

と夫人に言われて、絢子には断わる理由がなかった。

32

お昼を喰《た》べるには地下のレストランよりも、明るい春の日のそそぐ地上のレストランがよく、できれば窓辺に沢山の花を置いた店がいい、と夫人は言って、運転手《ショファー》つきの車で、夫人は絢子を、芝《しば》公園の静かな二階建のフランス料理屋へ連れてゆき、窓ぎわの席をとって、

「私は何か軽いものがいい。舌平目《ソール》にするわ。あなたは?」

と小まめにメニューを決めた。

絢子は、こういうブゥルジョア風の平和にのどかにひたっていられるのが、夫人の発散する雰囲気のせいであることを思わずにはいられなかった。それは多分虚偽の上に組立てられたものだった。しかし、俊男との真実の嚙《か》み合いの世界では、はげしい愛情の切なさはあっても、とても夫人が一生の間に身につけた、こういうたっぷりした、ゆたかな、安心して手足をのばしていられる社交的雰囲気は生れなかった。

夫人は食事の注文を終ると、小さな洒落《しゃれ》た事業を仕上げたあとのように、肩の力を落して、絢子に向ってほほえんでみせた。サーヴィス・プレイトの上からナプキ

ンをとって、糊《のり》を小気味よく剝《は》がして膝《ひざ》にひろげると、夫人の大きなオパールの指環の指先は、卓上の魚用のフォークの上を軽く叩《たた》いた。白い枯れた指に、オパールの虹《にじ》があでやかに輝いた。

夫人ははじめ、馬の話などをしていたが、急に思い出したように、

「ああ、さっきあの店で会った女の人ね」

と言いだした。

もう一度「あのきれいな方」と合槌《あいづち》を打ちそうになるのを制して、絢子は黙って静かにうなずいて話のつづきを待ったが、このときの絢子に、自分は完璧《かんぺき》なお嫁さんの役を演じているという油断のあったことは確かだった。そこには、たしかに仲のいい姑《しゅうとめ》と嫁がおり、姑は高価なイヴニングを嫁に買ってやり、その上、昼食に誘っている。嫁は隔意なく姑に甘え、何事もお心まかせで、一切出すぎず、一切利口ぶらず、可愛がられる程度のバカらしさも保持している。どこから見ても、二人は同盟軍なのである。

「あの女の人ね」

と夫人はもう一度くりかえした。「挨拶もしないで行ったけれど、大へんな雌狐なのよ」

絢子は夫人の口から、こんな多少下品な悪口がきかれることははじめてだったの

で、やや目を丸くして夫人を見守りながら、

「雌狐って、どんな悪いことをなさったの？」

「そりゃあ、泥棒や人殺しをしたわけじゃないけれど、あの人はもとは芸者で、去年お妾《めかけ》さんから本妻に昇格したのよ。旦那《だんな》とかねてからの約束で、本妻が死んだあとは、正式に結婚することになっていたわけで、旦那様というのは、名前を云えばあなたも御存知と思うけれど、仙田豪太郎さんよ」

「あの、仙田セメントの？」

「そう、もう七十七のお年寄ですものね。今はとにかく正式の仙田夫人だけれど、あの女は何を腹の中で企《たく》らんでいるか、わかりはしないわ。今度は遺産を狙われて、仙田さんがお殺されになるかもしれないわ」

「まさか」

と絢子は運ばれてきたコンソメの匙《さじ》をとりあげながら笑った。

「いいえ。あの女なら、やりかねないわよ。つい二三年前にもさんざん私の顔をつぶすようなことをしたんですもの」

「まあ、お義母《かあ》さまの？」

と絢子はおどろいた。

「ええ、私の。おどろいて？　それはね、言いにくい話だけれど、あの人はお妾時

代に俊男を誘惑して、しばらく俊男をとりこにしていた時期があるのよ」

それまで夫人が顔を振り、頭を振ってしゃべっているあいだ、顔のまわりにかかった霞《かすみ》のように夫人の表情を間接的なものにしていたヴェールが、この時はたと静まった。すると夫人の目は、金網の向うから覗《のぞ》き見《み》をしている隣人の目になった。

絢子はどきりとして、夫人の言葉に咄嗟《とっさ》に反応できなかった。

「それがそれだけで済んでいれば、まだ私も安心していられると思うの。でもあの雌狐のことだから、わからないの。それが私怖いのよ。

あなたとの婚約時代だって、俊男のまわりに、あの女の影がちらちらしているようで、私どんなに心配したかしれないのよ。今はまさか大丈夫と思うけれど……」

絢子の感情が急に迫って来て、胸の中を電気洗濯機のようにぐるぐると搔《か》き廻《まわ》される心地がして、思わず目頭が熱くなって来るのを見てとると、夫人はふたたび、甘いやさしい天使のような声に戻って、天上から花を降らせるような調子でめんめんと話しつづけた。

「ねえ、絢子さん、今後も私はあなたの一番の味方だということを忘れないでね。私はあなた中心にものを考え、その点では、世間の盲目的な母親みたいに、息子を庇《かば》ってお嫁さんを他人扱いすることだけは絶対にしたくないと思っているの。だって、絢子さん、あなたが私には自分の娘以上に可愛いんですもの。あなたのためな

ていいのよ。あなたはあんな薄情な変り者の息子なんかどうなったって何でもして上げたいと思うし、あなたの幸福だけはどんなことしても護《まも》ってあげたいと思っているのよ。あなたは子供じゃないし、敵味方の区別はつくわね。私はあなたの絶対の味方、いわば熱烈なファンなのよ。ね、わかって下さるわね」

言っているうちに、夫人は自分の言葉に酔って来るらしく、目に涙をにじませんばかりになって、ときどき食卓の上で絢子の手を押えるように握ったりしながら、大きな舌平目をみるみる平らげたが、絢子にはすっかり食慾《しょくよく》がなくなっていた。夫人の言葉は明らかに矛盾している。「あなたの幸福だけはどんなことをしても護る」と言いながら、現に絢子の幸福は夫人の手でみごとに破壊されてしまったのである。

「あら泣いてるの」

と夫人が言ったので、絢子は決定的に涙が出て来てしまった。

「可哀想に」

という夫人の呟《つぶや》きがこれに拍車をかけた。夫人は自分の目を形式的に拭《ぬぐ》ったハンカチを、テーブルの下からそっと絢子の手に握らせ、

「さ、早く涙を拭《ふ》いてね。人目に立つといけないから」

とやさしく教えさとした上で、たのもしげに、

「あの雌狐のことは心配しないでいいのよ。私が絶対にあなた方によせつけないよ

うに、あらゆる手を打ちますから。まかせておおきなさい。そういうこととなったら、私の実行力はすごいのよ」

33

――昼食がすんで夫人と別れてから、絢子は実家へかえって母の顔を見たいという自分の心と戦った。

こういうとき、実家はどんなに懐しく思われることだろう。喧嘩《けんか》をしても口争いをしても、底に何ともいえぬわかり合った気持があって、それが空気のように自明なので、実家にいるときは気づかなかったが、離れてみると、はじめてその、物を言わずともわかり合っていた気持というものが、どんなに大切かがわかってくる。しかし今の自分は、巣へ戻るように実家へ戻るべきではない。すでに自分の巣を作ったのだから、そこ以外の場所へ戻ろうと考えるべきではない。

絢子は物思いに耽《ふけ》りながら歩いて、東京タワーの下に、わずかばかり残っている昔の芝公園の、緑の乏しい斜面のベンチに、疲れ果てて腰を下ろした。彼女は今まで、公園のベンチなんかに一人で腰を下ろしたことはなかった。それは貧しい、困窮した女が、自分のみじめさをわざわざみせびらかすために坐《すわ》る場所の筈《はず》だった。

緑のペンキの剝《は》げかけたベンチには、大きな胃腸薬の広告の琺瑯《ほうろう》板が張られ、ふだんなら洋服の汚れを憚《はばか》って、坐るにもハンカチの一つも敷いたであろうが、今の絢子は、そこへぼんやりと腰を下ろすだけで精一杯で、洋服の汚れなど構ってはいられなかった。

『誰かにこんな気持を打明けてしまえばすぐ気が晴れる。誰かにドンと背中をどやしつけてもらえば、ケロリとしてしまうかもしれないわ。でも誰がいるだろう。里へ帰ったり里にたよるのはやるべきではないし、学校の友達にも、意地があり見栄がある。むこうは、天下無敵の幸福に私がひたっているように想像しているのに、こんな気持を打明けたら、同情するどころか面白がって、皆に言いふらすにちがいないわ。せめて一年たってからのトラブルならともかく、今のこんな何の証拠もないただの噂で……』

そこまで考えると、絢子の心には俄《にわ》かに光が射し入った。

『そうだわ。何の証拠もない噂なんだわ。きのうあんな嘘をついたお義母《かあ》さまの、今日の言葉だけを本当だと思うのはバカげている。でもいくら嘘つきのお義母さまでも、こんなに重大な嘘をおつきになるわけがない。とすると、もしかしたら本当では……』

すると心には又、暗い影がさしてくる。

東京タワーの見物のゆきかえりの人たち、多くは地方からの旅行者らしいのが、近くのベンチで弁当をひろげたり、自動車の排気ガスに半ば枯れた常盤樹《ときわぎ》の下で、呆然《ぼうぜん》とあたりを見廻《みまわ》していたりする。たまたま、ものすごい悪趣味の紫いろのスポーツ・シャツを着た、髪をきれいに撫《な》でつけた若者が、ベンチの隣席に腰を下ろしたが、ちらとその手を見ると、へらのような爪をして、太い指の先が、ひしゃげたようになっているのは、毎日手の指を酷使する労働に従事している工員らしい。

しばらくもじもじした末に、

「なあ、あの、なあ……」

といきなり話しかけて来たので絢子はぞっとして立上った。そして自分がどんなに孤独な、ものほしそうな女に見えていたかに気づいて慄然《りつぜん》としながら、足早にタクシーを探しに行った。

34

結局、絢子の帰ってゆくところは、たった一人の家しかなかった。

自分のフラットに入って、内側から鍵《かぎ》を下ろしてしまうと、彼女はほっとしたあまりに軽い目まいを感じた。

『これで俊男さんが帰るまであと三時間もあるんだわ』

いっそ友達に電話をかけて、さあらぬ話でもしたら気が紛れるかもしれない。しかし友達は、こちらの「夢のような新婚生活」のおのろけしかききたがらぬであろう。それに調子を合わせて、わざとうきうきした演技を電話で演じてみせなければならぬとすれば、はじめから電話なんかかけないほうが賢明である。

絢子がもっと感情的な性格だったら、もっと周囲に迷惑をかけ、泣きわめき、恥もかく代りに、自分を楽に救うことができたにちがいない。彼女の素直で静かで理智的な性格そのものが、今、彼女の病気の原因をなしていた。

テレビをつけてみる。画面は少しも目に入らない。ただ、あの年増の雌狐の顔が、ブラウン管の片隅にちらと現われて、こちらを嘲笑《ちようしよう》しているような気がするのである。

実家の父は俊男を十分信用しながらも、ごく内密に身辺の調査をしたと言っていたが、そのときの調査では、何ら疑わしい事実は出ていなかった。現在同棲《どうせい》中の女性がいるどころか、過去にも同棲していた女などはいない筈だった。それでも、滝川夫人が、息子の名誉を庇《かば》って今まで隠していたとすれば、あの夫人なら、どんな手でも打てたような気がするではないか。

――これだけ悩みながら、定刻に家にかえって来た俊男を、絢子は晴れやかな笑顔で迎えた。どんなことがあっても、この上、俊男に不愉快な女と思われたら、自分の行く場所はなくなってしまうのである。それが多分、結婚生活というものの実態なのだ、と彼女は淋《さび》しく心に考えていた。

隔意を抱くということは淋しいことである。しかも、愛情のために隔意を抱くということは、まるで愛するために他人行儀になるようなもので、はじめから矛盾している。

もし俊男に何もかも打明けられたら、どんなにサッパリするだろうという気持がある一方では、打明けて、この淋しさこの不快が、今まで絢子一人ですんでいたのが、二人に波及したらどうしようと考えると、そんなに波及しやすい状態にあることこそ愛情の条件であって、それなればこそ我慢したほうが賢明だという考えにも自然に到達する。

しかし絢子にしてみれば結婚の当初から、こんなに複雑な難しいお芝居を演じなければならないことは、覚悟の上とはいえ、怖ろしい体験だった。今ではひたすらハワイの毎日がなつかしまれた。そのハワイでさえ、大佐夫妻の奇怪なエピソードがあるにはあったが。

滝川夫人の口から出たことを一切言うまいと決心した絢子は、一種の自己欺瞞《ぎまん》を犯していたともいえる。というのは、それについて当りさわりのない形で触れるよりも、自分もすっかり忘れるために、一切触れないでいるほうが、気持が楽だったからである。彼女は夫人に今日会ったことも、イヴニングを誂《あつら》えてもらったことも、昼食を一緒にしたことも、全く俊男に言わないですませてしまった。このことがあとで、却《かえ》って禍《わざわい》の種子《たね》になるとは知らずに。

何もないことにしてしまい、すべてを悪夢だと考えた上で、はじめて絢子は、俊男の愛撫《あいぶ》を心おきなく受けることができた。夕食がすみ、片付物がすむと、もう俊男は、

「おいで。待っているよ」

と自分から先へ寝室へ入ってしまう。

寝室の行為は、絢子には、早くも、何か待ち遠しい、美しい、熱い、夜の海に身をひたすような、夜光虫の光るとろりとした怖ろしい真暗な海に体を沈めるような、日常生活になくてはならない戦慄《せんりつ》を代表していた。良人《おっと》は、彼女の蹠《あしのうら》が可愛いと言って、蹠を嚙《か》むことさえあった。彼女は、すでに、良人をやさしく迎えるばかりか、溺《おぼ》れる人のように良人に抱きすがる術《すべ》をおぼえていた。良人の体に触れることが、そのどこにも柔らかみのない張りつめた体に触れることが、まだわずかの羞恥《しゅうち》を残しながら、なくてはならない手続になりかけていた。

その晩、絢子は、不安に溺れかかる自分を感じて怖ろしさのあまり、いつもより強く、衝動的に俊男にすがりついた。

「どうした？」

と俊男は訝《いぶ》かしげに訊《き》いたが、その訊き方には、いいしれぬ喜ばしさが溢《あふ》れていた。絢子は目をつぶった。良人の指先が、一刻も早く雌狐の幻影からのがれさせてくれることを望んだのである。あるいは彼女自身を、嘘つきの、悪にみちた、破廉恥な、美しい一匹の雌狐に化身させてくれることを。

35

いよいよ十日後の滝川夫人のパーティーの前日まで、絢子がそのことを黙っていた辛抱強さには、おどろくの他はない。

その間、夫人も忙しいとみえて連絡がなく、オートクチュールへは絢子が一人で仮縫に行き、すこしずつ気持も落ち着いてきた。

滝川夫人のディナーはフランス式に八時はじまりだったので、俊男は家へ帰ってから十分タキシードに着かえる時間があった。もちろん、結婚後はじめてタキシードを着るこの機会を、彼はぶつぶつ言いどおしだったが、絢子が説得する形で承知させたのだった。

その夕方、俊男の帰りを待ちながら、新しいイヴニングを着て鏡の前に立った絢子の気持は、幸福でないとはいえなかった。それは実にすばらしい仕立で、肩の美しい線が中心になって、それが少しもいやらしくなく自然に強調されていた。絢子は三面鏡の前でその姿をと見こう見しながら、どんないきさつがあろうとも、気に入った衣裳《いしょう》には脆《もろ》くなる愚かな女心が、自分にもひそんでいるのを発見した。もし貧しかったら、きっと自分も、こういう美しい衣裳を贈物にしてくれる男性に、嫌っていながら靡《なび》いてしまいそうな気がした。今度は、相手が男性でなく老婦人だから安心なようなものだが。

そういう自堕落な心と愛との関係は、女の中でどんな風になっているのだろうか。俊男に秘密を保っていることにどんな大義名分があろうとも、それはやっぱり一種の裏切りである。一方、むりやりに抑えつけた不安は、たとえ俊男をどんなに信用しているにせよ、やはりレッキとした不安である。もし本当に俊男を愛しているなら、不安もむきだし、秘密もむきだしにして、それがどんな破局を齎《もた》らそうとも、しゃにむに突き進むのが、純粋な愛情といえるのではなかろうか。

ふしぎなことに、あのときあれほどショックを与えられながら、そのまま何んとか心に納めてしまったことに、絢子は、滝川夫人に対する自分のひそかな勝利をさ

え見出《みいだ》していた。実家へは一度遊びに行ったが、そのときも、母から、

「どう？　うまく行ってる？」

とそれとなく水を向けられると、

「もちろん」

と陽気に逃げてしまった。結婚したとたんに、実の母にまで、虚栄心を働らかす自分になってしまったのだ。結婚とは、人生の虚偽を教える学校なのであろうか。

――今夜、俊男のかえりを待っている絢子は、もう、その美しいイヴニングを見せたいというたのしみしかなくなっていた。あるいはそれだけしかないと信じていた。

イヴニングは一見黒ずんだ赤のように見えているが、黒のビーズの刺繍《ししゅう》の部分は黒くかがやき、ほかの部分は夕焼の空に夕闇がかかったような感じである。それは黒・赤・グレーの三色のジョーゼットを重ねたもので、裾《すそ》のところだけが割れて、その三枚重ねが、ほのかに窺《うかが》われるようになっている。腰の線が、「梵鐘《ぼんしょう》のように」と先生が言ったように、東洋風なふしぎな曲線を出している。

ドアに鍵音《かぎおと》がして、俊男が入ってきた。

「おかえりあそばせ」

と絢子はすぐ戸口へ駈《か》けて行ったが、駈けるようにはできていない仕立で、自分

は駈けているつもりでも、自然に悠々たる足取になっていた。

「おや、これはすばらしい！」

と俊男が目をかがやかせて言った。

「いかが？」

「ステキだよ。これを見たら、外人のばあさん連は、ヤキモチのあまり、心臓がヘンになるだろう」

彼はやって来て、洋服や、髪形を崩さぬように柔らかく抱いて、接吻《せっぷん》した。そして一寸《ちょっと》離れたときの彼の目に、明らかな情慾《じょうよく》が浮んでいるのを、絢子はうっとりする心地で眺めた。

「俺（彼はいつのまにか、自分のことを俺というようになっていた）をおどろかそうと思って、内緒で作っていたんだね。女はやっぱりパーティーが好きなんだな。何やかや言いながら」

「あら、お母様が作って下さったのよ」

「お母様って、稲垣のお母様かい」

「いいえ」

俊男は息を呑《の》んだように黙った。それすら、こんな場合の息子の反応としては不自然なものだった。彼の目からは瞬時に情慾は消え失《う》せ、探偵のような、探りを入れる眼差《まなざし》になっていた。

「いつ？」

「あら、きのうできたばかりよ」

絢子は少しずつサロンのほうへ後退《あとずさ》りしながら、雲行きの険しくなるのを察していた。

「へえ。どうして俺に言わなかった」

「あら、お義母《かあ》さまがイヴニングを作って下さるって、ちゃんと言ったじゃないの」

そう言うとき、絢子は、せめてそれを言っておいて本当によかったと思った。

「そうだったかな。……それはいいが、おふくろにそのことで又会ったんだろ」

「ええ」

「どうしてそれを言わなかった」

「だって、別に」

「だって、別に、じゃない！」と俊男の声はもう尖《とが》っていた。「ただのおふくろの場合なら別だよ。ついこの間もあんなイヤな嘘をつかれたあとじゃないか。向うじゃその詫《わ》びと懐柔のつもりにしろ、俺にも内緒で、のめのめとその懐柔策に乗るなんて。……あ、おふくろが、君に、『私と会ったことは内緒にしなさいよ』と言ったんだろ」

「そんな」

「そんな、って、そうじゃないのか」

「ええ、そうじゃないわ」

「じゃ、何故黙っていた」

ここまで問い詰められた絢子は、とうとう力を失って、椅子に崩折《くずお》れてしまった。美しいイヴニング・ドレスの欣《よろこ》びは、もう心から消え去って、醜いボロを身に纏《まと》っているような気がした。

「だって……だって、又一寸イヤなことがあったの。だから、あなたに言いたくなかったの。あなたを不愉快にさせるのがイヤだったから。……それだから、それで、何もかも黙ってしまったの。ごめんなさいね」

「イヤなことって、何だ。又、おふくろが何か言ったのか」

絢子は追いつめられて、黙ってうなずいた。

「君を傷つけるようなことを何か言ったのか。俺たちの仲に水をさすようなことを」

「いいえ、そんな」

「君まで嘘をつくなよ。おふくろが何か言ったに決っている。何を言ったんだ」

「いいのよ。もう」

「いいのよ、じゃすまない問題だよ。この間の小さな嘘だって、考えてみればみるほど、心理的な効果を狙った悪質な嘘なんだ」

「そんなことはないわ。お義母さまは親切で言って下さるんだと思うわ」

「冗談言うなよ。君だって子供でない限り、本当の親切かどうか、わかりそうなものじゃないか。それで、何と言ったんだ」

「何でもないのよ。気にしない、気にしない」

と絢子はおどけてみせたが、顔は真剣に蒼《あお》ざめていた。

さあ言え、さあ言え、と責め立てられて、絢子はとうとう、一部始終を言わざるをえなくなった。きくうちに、俊男の顔も激昂《げきこう》のために蒼ざめてきた。

「そんな嘘を！　そんな見えすいた嘘を！」

「嘘ならいいのよ。あなたの口から嘘だと言っていただけば、それで私はすっかり安心するの。ただ、こんなことを言って、あなたの気持を不愉快にさせるのが怖くて、自分一人の胸にしまっておこうかと思ったから、苦しかったのだわ。ねえ、もうこれですんだことにしましょうよ」

「いや。いかん。これからおふくろにはっきり文句を言ってやるんだ」

と彼はいらいらして立上った。

「そんなことをなさったら、私の立場はどうなると思って？」

と絢子が歎願《たんがん》するように言ったが、俊男はもう答えなかった。

36

俊男の憤怒はわからぬでもなかったが、彼が怒りだすと却《かえ》って冷静になった絢子には、八方ふさがりだった部屋の四方の扉が急にひらいたように、あらゆる角度の外界の反応が予想された。意地悪く考えれば、俊男の怒りは、滝川夫人に図星をさされて、その図星をさされたことをごまかすための、やみくもな憤激とも見えかねなかったが、絢子はそこまでは考えたくなかった。そこまで疑惑を及ぼすことは、自分を卑しめることと同じであった。

ただ困るのは、この場合、絢子に、少しも罪がないのに、結果的には、絢子が俊男に告げ口をして、(洋服を作ってもらった恩も忘れて)、実の母親を攻撃させた、と言われることであり、そういう悪評はかりに耐え忍ぶとしても、予想されるもっと悪い事態は、夫人が完全に白ばくれることだった。

「あら、絢子さんがそんなことを言ったの。私、悲しくなるわ。私がかりにもあなたを傷つけるそんな噂を、人もあろうにお嫁さんに吹き込む筈《はず》がないじゃないの。

少し冷静に考えてごらんなさいよ。息子を中傷する母親があると思って？　あなたもう、お嫁さんのことなら、何一つ疑わずにきいて、自分の母親を一途に憎むような情ない男になってしまったのね。

そりゃあ、前にちょっと嘘をついたことは認めるわ。でも、あなたから電話がかかったのを、訪問してきたと嘘をつくのが、そんなに重大かしら？　一寸《ちょっと》した言いまちがいを通した私も悪かったんだけれど、心の底には、あなたが電話だけじゃなくて、本当に顔を見せてくれていたら、どんなに嬉《うれ》しかったろう、という気持が働らいて、つい夢と現実を混同したのだと思うのよ。誰にでもきいてごらんなさい。そんな母親の気持を誰が責められて？

それとこれとはちがうことが、どうしてわからないの？　さも私に悪意でもあるように！　私に悪意があるわけがないじゃないの。可愛い新婚の息子夫婦に対して、悪意がある筈がないじゃないの。あるとすれば、誰かほかの、……まあ、それは中傷になるからやめておくわ。

ただくれぐれも言っておきたいのは、証拠もなしに、人の言うなりになって、実の母親を責めるようなことはしてほしくない、ということなの。私、あんまり情なくて、涙も出ない。死んでしまいたいくらいだわ」

絢子の耳には、ありありと、こんなふうに弁駁《べんばく》する滝川夫人の声がきこえるのである。ここまで詳しく思い描くことは不幸にちがいないが、もともと素直な、単純と云ってもいい絢子を、ここまで不幸な空想力に富む女にしてしまったのは、彼女の不安と恐怖からだった。あるいは、そういう不安と恐怖を彼女に教えた「世間」の力だった。あのやさしい甘い滝川夫人は、いつのまにか「世間」を代表していたのである。

もし夫人が予想どおりこんな論駁《ろんばく》を加えてくるとすれば、その結果はもう目に見えている。俊男の心に、絢子の性格に関する疑惑と不信がしらずしらず芽生えてくるという怖ろしい結果は。

ここはどうあっても、俊男と滝川夫人の正面衝突を回避させなければならないのだ。

俊男がタキシードに着かえて出かけるべき時刻は迫っており、そのタキシードの一式、ブラック・タイから、タキシード・シャツから、ボタンから、カマー・バンドから、靴下から、エナメル靴から、すっかり手入れして、すぐ着られるように仕度をしてあるのに、俊男は掛けられた夜会服に呪《のろ》わしい一瞥《いちべつ》を投げかけたきり、背広の上着一つ脱ごうともしなかった。

絢子はこうなれば、持久戦をいとわず、時間を気にしないで、物やわらかに、言葉を費やして、彼を説得せねばならぬと思った。

「それだけは困るわ。私が困るの。どうかお義母《かあ》さまには、このことは黙っていらして。あなたと私の気持が通じ合ってさえいれば、何でもないことなんですもの」

「君にはわからないのか。おふくろの意地の悪さが。われわれの仲に水をさそうという企《たく》らみが」

「それはそれでいいわ。ただあなたがお義母さまをお責めになれば、それだけ私が悪者になるのよ。私を愛していて下さるなら、おねがいだから、そうなさらないでほしいの」

「それはどういうわけだ」

実際に俊男は、あんまり昂奮《こうふん》して、物事を四方八方から眺め直す余裕を失っているように見えた。

絢子はじゅんじゅんと説明した。俊男を怒らせないためには、あまり夫人の肩を持ってはならず、しかも嫁として、決して夫人を悪く言ってはならず、俊男の母である人を悪しざまに言っては逆効果になるので、それはいわば、家が崩れ落ちて材木にはさまれた人間を助けだすような、むずかしい、微妙な、冷汗のにじむ作業だった。話しているうちに絢子はだんだん自分の頭が澄んで、独楽《こま》のようになめらかに動きだすのを感じた。もう夫人から雌狐の話をきいたときの咄嗟《とっさ》の子供らしい嫉《しっ》妬《と》などは、どこかへ行ってしまっていた。目の前にいるのは、男らしい端麗な顔をしている青年だが、実は、怒りにかられて自分を失っている一人のわがままな男の子にすぎなかった。「妻」という名の大人びた心理は、女の中にこうしてはじまるのだ、と絢子は感じた。

俊男の顔から、徐々に激昂が納まってきた。彼の目の、危険なイライラする光は静まってきて、次第にいいしれぬ淋《さび》しさの色がにじんできた。

「わかった。じゃ、ここは二三日考えて、今日直接攻撃をかけるのはやめにしよう。しかし、君は、それじゃどうしろというんだ」

このときの彼の目はもうはっきりと絢子へ向けられて、そこには、男の衿《ほこ》りがかかっていることがはっきりと見てとれた。怒りの問題は自尊心の問題にすりかわったのだ。怒りの中には絢子はいなかった筈であるが、ひとたび自尊心の問題となると、そこには良人《おっと》としての自尊心が立ちまさって、目は当然絢子をとらえていた。わがまま息子のつねで、俊男は、一つ妥協するさえ耐えがたいのに、何もかも絢子の言いなりになるのは、耐えられないと思っているらしかった。ここでもし絢子が彼の自尊心を傷つければ、怒りは容易に、今度は絢子へ向って来たであろう。

彼女は、スケーターが氷の上で一回転するように、巧みに身をよけた。

「それはあなたがお決めになることだわ」

「だから君の意見をきいてるんだ。どうしろというんだ」

と俊男はしつこくからんでいた。まだ心の中にわだかまった大きな黒い心のこだわりと戦っている様子だった。何かを言わせて、すぐそれに反対するつもりだとわかっていても、絢子はやはり「自分の意見」を言わねばならなかった。

「今夜は、すまして二人でパーティーへ出て、お義母さまのお見立てのイヴニングを、お客様みんなにお目にかけて、ニコニコして、何も言わずに、そしらぬ顔で帰ってくるのが一番だと思うわ」

「それはできない！」

と待ちかまえていたように、俊男は断乎《だんこ》として言った。

二人の間には沈黙が来た。

丁度煮立った鍋《なべ》が音を立て、蓋《ふた》がもちあがり、あぶくが吹き出ているのに、それを放置していなければならぬような沈黙だった。

絢子はここでもう一歩進めて何かを言う気がしなかった。時間はどんどんたち、今から出かけても、ディナーの時刻に間に合うかどうか危ぶまれてきた。俊男のほうでも何も言わなかった。……とうとう彼は、耐えかねたようにこう言った。

「それができないとすれば、君はどうしたらいいと思う。君の考えを言ってごらん」

「それができないとすれば？」

「そうだ」

絢子は全く答えたくなかった。しかし答えずにいることはできなかった。

「そうね。……それがだめなら、せめて私一人でも行くべきだと思うわ。だって、折角今夜の会のためにイヴニングを作っていただいて欠席したら、こんなに失礼なことはありませんもの。それにお義母さまのことだから、このイヴニングについては、お客様に前宣伝が行き亘《わた》っていると思うのよ。今更お義母様のお顔をつぶすわけには行かないわ。あなたがどうしてもいらっしゃりたくなければ私が何か言いつくろって、一人で行く他はないと思うわ。男の人はお勤めのことで、何とでも言訳が立ちますものね。ねえ……」

と俊男の顔色を窺《うかが》ったが、彼の横を向いた額には、再びイライラした青い稲妻のような影がひらめいていた。黙っていて、答えない。とうとう絢子は、自分でも出席しなければ大変なことになると考えて、しつこいのを承知で、もう一度訊《き》いた。

「ねえ、私一人で行ってもいいでしょう」

「それはいけない。俺が禁止する」

彼は冷静そうに見える口調で、断乎として言った。思わず絢子は、やや調子の高すぎる声でこう反問した。

「じゃ、どうすればいいの？」

「それは俺が決める」

「だから、どうするの？」

「二人とも欠席するんだ」

「だって……」

「だって、じゃない。俺の決めたことだ。二人とも欠席するんだ」

彼は全身から発する威厳をこめてそう言ったので、もう言葉の返しようはなかった。絢子はこれから起るべき事態の怖ろしさに胸が詰った。

そしてつとめて柔らかに、徐々に、二人で相談して、少しでも問題を穏やかな形で解きほぐして行こうと試みた。

「あなたが行くなと仰言《おっしゃ》るなら、行かないわ。それはいいのよ。でも……、言訳はどうなさる。ここにこのままいれば、やがて電話がかかって来るわね。あなたが急に熱を出して、看病していて、手を離せない、とでも申し上げましょうか。そうしたら、きっとパーティーもそこそこにお見舞にいらっしゃるわね。仮病はすぐばれてしまうわ。そしてますますまずいことになるわ。

又もし二人で出かけてしまうとするわね。やはり電話がかかるでしょう。そして誰も出て来なくて、しかもパーティーに着いていないとしたら、自動車事故か何かということになって大さわぎになるわね。

又もしあとで、他へ遊びに出ていたことがわかったら、ますます只《ただ》ではすまなくなるわね」

「君は全くよく頭が回るな」

と俊男が、半ば感嘆の、半ば皮肉の口調で言った。

考えてみれば、これほど深刻重大に議論している問題は、たかだか元大使夫人のひらくディナー・パーティーのことにすぎなかった。たとえ宮様が主賓で出席されるとはいえ、政治的にも文化的にも何ら重要性のないイヴェントだった。それに出席するしないで、日本の将来にどんな障害が起るというものではなかった。そしてそういう些末《さまつ》な社交的イヴェントが、天地が引っくりかえったような重大事になる生活のつまらなさに、俊男があきあきしていることは、絢子にもよくわかっていることだった。結婚してからそんな生活から足を洗おうと決心した俊男の気持はよく察せられたし、新婚旅行の行先をハワイに選んだことにも、彼のこういう志向が働らいていることは明瞭《めいりょう》だった。

今の若い人たちの間で、TPOだなんて言われて、洋服屋の宣伝に乗せられて、ブラック・タイの夜会つづきの生活が、夢の目標とされているばかばからしさを、俊男は何よりも自分の生活からよく知っていた。それが俊男をいくらか老成して見せ、又、彼に疲れた魅力を添えてもいることに、絢子は夙《と》うから気づいていた。

おしまいに、投げだすように、俊男は、自嘲《じちょう》に近い笑いをうかべて、こう言った。

「やれやれ下らない。これはみんな、ただ、夜会服の惹《ひ》き起した事件じゃないか」

――二人は考えてみれば、夜会服に引きずり廻《まわ》されて、人生でもっと大切な何事かをほったらかしにしているのであった。夜会服をこの世の何ものよりも大切と考える滝川夫人の流儀に従うか、従わないかの決断が、俊男の結婚にとって本質的な問題だとすれば、今ここで、世間並の礼儀作法を踏みにじってまで、欠席する他に方法はないように思われた。

「いいわ」と急に絢子は陽気な声を出して言った。「今夜は二人で、うんと汚ない恰好《かっこう》で出かけて楽しみましょうよ。後のことはどうなってもいいわ。夜会服からサッパリ別れた一晩をすごしましょうよ。私がどう言われたってかまわないわ。あなたがわかって下さればいいんだもの」

「そうだ。そうしよう」

と俊男も目を輝やかせて言った。ふとそのとき絢子の頭に、ここのマンションへ連れて来たときの俊男の、贋《にせ》の解放の喜びが思い出されたが、今度こそは本当の解放になる筈《はず》だった。

俊男はいそいでふだん着の春のスウェーターの中でも一番着古したやつを着込み、

絢子も近所へ買物にいくような恰好をした。そして、滝川夫人の電話が来ぬうちに一刻も早く外出する必要があったから、食事はどこかよそでとることにして、匆々《そうそう》にそこを出た。

「俺たちはどこかで依頼心を起しながら暮している。それが一番いけないんだなあ。もし俺が月給だけで暮さなければならないとなったら、こんなマンションに住めるわけはないんだ」

と並木道を歩きながら、俊男がめずらしくしんみりと言った。絢子はうなずいて、言葉をさしはさまずにきいていた。

「もちろん俺にも俺名義の財産はある。しかしそれも、父のというより、母からもらった財産なんだ。父は一生母の援助を堂々と受けていたし、外交官というのはお国のための仕事だから、日本人の財産なら、自分のであろうと、妻のであろうと、すべてお国のために消費するのが当然だと考えていた。それはたしかに一見識だし、おやじはちっとも卑屈になんかなっていなかった。自分のためではなくお国のために使うのだから、妻の実家も、出すだけの金は出すべきだと考えていたんだね。

そういう中に育って、その上母にあんな風にうるさく干渉されていたから、俺が誰にもヒケをとらない万能の人間になろうと思ったのもわかるだろう？　俺は今の言葉で言えばスーパーマンを夢みていたんだ。実際、俺は今の青年のうちで、誰よりもよく誰よりも広く物を知り、誰よりも有能な人間だと信じているよ。しかしだんだん、自分の教養も、あらゆる能力も、結局、金で買われたものにすぎない、と思うようになったんだ。もし俺が貧乏な家に生れて、自活したり、親を養って行かねばならぬとしたら、万能の人間になる暇なんかなくて、なるべく早く金になる一つの能力だけを身に着けようと努力するにちがいない。現代では万能の人間なんか、金と余裕の演じるフィクションにすぎないんだ」

話している彼の横顔を、若葉を透かして蛍光灯の青い影が流れてすぎた。

「俺は大学を出て人並に会社に入った。会社では俺は、よく働らく有能な社員と思われているし、重役連も父や母の友達ばかりだから、将来の重役コースは決っているし、第一俺はあの会社の大株主なんだ。

でも、会社の仕事の枠は決っているし、会社の要求する能力の幅は限られている。そこでは人間は、小さな、クルクルよく動く歯車になることが第一に要求される。会社員はどんな大株主だって、会社員にすぎない。

しかし俺は依然として、この世のありとあらゆるものに興味がある。一度読んだ本はみんな頭に入ってしまうし、あらゆる専門的知識が、俺にはまだ喰《た》べたことのない美味《おい》しいお菓子みたいに思えるんだ。

そうして俺の、そういう万能の知識や万能の能力が、人にちやほやされ、受け入れられる場所はどこだと思う？　日本ではどこにもない。ヨーロッパだったら、それが社交界というものなんだ。俺は要するに、社交界《モンダン》的な人間なのかもしれない。おふくろは俺のそういう気持をよく察していた。そこで少年時代から、俺に日本の、西洋の小さな真似事にすぎない社交界の真似事を教えたんだ。俺は十六歳になるとタキシードを着せられたもんだよ。

なるほど、今きいたことを今忘れてしまう社交界の生活では、会話が豊富で何でも知っている人間ほど歓迎されるものはない。

俺は天才少年呼ばわりをされ、みんなに愛された。いろんな外国婦人たちにちやほやされ、ペットにされた。俺は、自分でいうのもヘンだけれど、ゲインスボロウの『青衣の少年』みたいな扱いを受けていたんだ。

俺は語学に興味を持ち、自分が何ヶ国語もできるようになると得意で仕方がなかった。これは今でも実際の役に立っているが、俺にはそれほど大した能力とも思えない。いろんな、人に喜ばれる社交的能力も身に着けたけれど、同時に、それに反比例して人ぎらいになった。自分の能力が、うそいつわりの夜会服の世界にしかないと感じることは、屈辱的なことだったんだ」

「それはわかるけれど」と絢子は、相手が言葉を切るのをゆっくり待ってから言った。

「人間って誰でも、自分の持っているものは大切にしないのじゃないかしら。それをみとめるのは、私を大切にして下さらないのをみとめるようでイヤだけれど、誰でも、手に入れたものは大したものだと思わなくなる傾きがあるのじゃないかしら。あなたの才能や能力は、人から見たら完璧《かんぺき》でキラキラして見えて、その十分の一、百分の一でも、自分のものにしたいと思いながら、それができなくて、ただ嫉妬《しっと》と羨望《せんぼう》だけ持つでしょうけれど、（今、東京中に、外国語の会話塾がどれだけあるか御存知？）肝腎《かんじん》のあなたはそういうものを大事になさらないんだわ。

でも私、万能の人間のすばらしい能力が、夜会服の世界でしか、シャンパンとキャビアのざわざわした見栄の世界でしか、発揮されないなんて嘘だと思うわ」

「現代がそうなんだよ。昔はちがうだろう」

「でも、あなたが、百パーセント能力を発揮して、本当のスーパーマンになる世界だって他にあると思うわ」

「俺だってそれを夢みたことがあった。俺のロボット遊びをおぼえているだろう？しかし、俺の能力は何一つ金にならなかった。ただ金に養われていただけなんだ」

「だって試してみたことはないでしょう」

「それはないさ。でも、わかってる。俺たちの生活は、すべて、自分で額に汗して働いた金ではない金で支えられている。これが社交界の人間の生活であり、夜会服の人種の生活であり、ジェントルマンの生活なんだ。

そしてもし、俺たちがほうり出されたら、それはむろん俺名義の財産である程度の贅沢《ぜいたく》はやってゆけるが、やはり、遠くのほうで親の力を借りているというやましさは脱けないだろう」

彼が言わんとするところは絢子にもよくわかっていた。つまり彼はどうころんでも金持なのであり、その金はどう考えても自分の力で得た金ではないが、さりとてそれを溝《どぶ》へ捨てることもできぬ以上、貧しい「庶民的」な若夫婦の真似をいくらしてみたところで、所詮《しょせん》一種のお芝居であり、茶番にすぎないのである。しかも自分が一番ちやほやされる筈の社交界の雰囲気を、彼は何ものよりも憎んでいるのだった。一方、社会は人間に小さな限られた能力しか求めなくなり、彼が本当に活動すべき場所はどこにもなかった。

そういう心境に彼が陥っているとわかったとき、絢子の胸には、痛切な愛情が生れた。自分が及びもつかないと思っていたこの男の、よるべのない淋《さび》しさに触れた思いで、彼が急に自分の掌《てのひら》の内に入った、小さな、愛らしい、象牙《ぞうげ》の彫像のような気がしてきた。絢子の胸は女らしい気持にあふれた。

「どこで御飯をたべましょう。朝鮮料理はいかが？　私、学生時代によくお友達と食べたわ。安くて、おいしくて、臭いのよ」

「そうしよう」

丁度渡った交叉点《こうさてん》のところに、新しい朝鮮焼肉の店がひらいていたので、二人はそこへ入って、煙の立ちこめている室内のテーブルについた。えがらっぽい煙で目が痛かった。

二人はデコラの板のテーブルに向い合って腰を下ろすと、肉とにんにくの焼ける匂いに何か云いしれない寛《くつ》ろぎを感じた。

「これはいいディナーだ。二人で時々こうやって、安食堂をあさって歩こうよ」

と俊男がメニューを取上げながらうきうきとして言った。そこには洒落《しゃれ》た会話をしようという努力も要らず、スウェーターの下の襟をひらいたスポーツ・シャツが、咽喉元《のどもと》をいかにもゆるやかに開放して、しみじみとした安心感が戻って来ていた。

あの固苦しいディナー・パーティーは、ずっと遠くの世界へ駆け去ってしまっていた。

そして絢子はというと、やがて運ばれてきた肉片を、鉄灸《てっきゅう》の上へのせながら、さっきからの話の間で、雌狐の挿話は全部未解決のまま押し流されてしまったことに気がついた。そんな成行は彼女の心を傷つける筈《はず》なのに、少しも傷ついていない自分に、彼女はおどろいていた。もうそんなことはどうでもよかった。たとえ事実であっても、どうでもよかった。俊男と絢子の心がこんなに固く結ばれた事実を前にしては、もう怖るべきものは何もなくなった。今では芝公園のベンチで一人で流した涙が嘘のように思われてきた。

37

――こんな強烈な決断は、もちろん滝川夫人の心証を決定的に害してしまったにちがいない。

電話をおそれてその夜遅く帰宅した二人は、床に入ってからもなお電話のベルが鳴りはしないかとひやひやしていたが、とうとう鳴らなかった。あくる日一日、絢子は自分の家にいるのが不安だったが、やはり電話は鳴らなかった。こちらから詫《わ》びの電話をかけようにも、無礼はあまりに決定的で詫びようもなかったから、俊男とも相談の上、絢子のほうから電話はかけないことにしていたのである。俊男の会社へ電話がかかりそうなものだが、その日帰宅した彼が、やっぱりかからなかった、と真顔で言う顔には嘘がなかった。こうなると、却《かえ》って不気味で、二人は不安にさらされた。

その日も何事もなく終り、あくる朝、俊男を会社へ送り出すと間もなく、突然、実家の稲垣の母が訪ねてきた。

母の顔はいつもと変って、緊張のために蒼《あお》ざめていた。

「あら、いらっしゃい」

「俊男さんはお元気？」

「ええ、さっき会社へ出たばかり」

「私が何の用事で来たかわかるでしょ」

言うなり母は、ぐったり疲れたように居間の椅子に体を沈めた。

「ゆうべ、お父さまが松本さんのところへ呼ばれたのよ」

「老社長のところへ？」

絢子は自分たちの実際上の仲人《なこうど》役だったあの老社長の顔を思い泛《うか》べ、意外な事態に胸がさわいだ。

「お父様は冷汗を流して帰っていらしたわ」

「まあ」

「そこまで行けばもうわかるでしょう。昨日の朝、滝川のお母さまが松本さんへいらしって、ものすごいヒステリーをお起しになって、会社の社長室で泣いたりさわいだりなさったんですって」

「………」

「わかる? 滝川のお母様は、何もかも絢子が悪いと思っていらっしゃるのよ」

「そうお思いになっても仕方がないわ」

「仕方がないわ、じゃありませんよ。お話の筋はこうだったの。まあ、私も精一杯落着いて、順を追って話すから、おききなさい。

おとといのパーティーにあなた方が無断欠席したので、パーティーはめちゃくちゃになってしまったらしい。滝川のお母さまは、五分おきにここのマンションへ電話をおかけになって、ディナーはなかなかはじまらない。

宮様の手前、皆さんははらはらなさったらしいけど、さすがに宮様は悠然としておいでになって、やっと九時ごろになってディナーがはじまると、にこやかにお話しになって、コーヒーが出ると匆々《そうそう》にお退《ひ》きになったらしいけれど、その間お母さまは全然上の空で、まわりのお客さまがとりつくろって、宮様をおもてなしするのに大変だったらしいの。

中でも、お客様の一人の或《あ》る奥様が、きのうの午後、私に電話を下さって知ったのだけれど、私はお父さまが松本さんにお目にかかるまでは、あなたに知らせるのを控えていたの。

その奥様は、名前を隠してくれと仰言《おっしゃ》るから、あなたにも黙っているけれど、ディナーがすんだあと、お母さまにつかまって、警視庁へ電話をかけさせられ、警視庁に御主人が顔が利くものだから、午後五時からその時刻の午後十一時までの、東京じゅうの自動車事故を調べさせられ、ついでに何のつもりか横浜まで事故を調べさせられたらしいの。該当する事故が一つもないと知ると、お母様は、ぱたりと黙っておしまいになって、もう口もおききにならない。決定的にあなたたちに裏切られたとお思いになったわけね。〈あなたたち〉という間はまだよかったのよ。松本さんのところへいらした時は、もうひどい取り乱し方で、ゆうべは一睡もしていないというお話で、目を真赤にしていらしたそうよ。

そして仰言るには、これで絢子という女の本性がはっきりわかった。あの大人しい息子をつかまえて、自分のとりこにして、母親へ弓を引かせたのは絢子だ。あんなに親切にしてやって、イヴニング・ドレスまで作ってやった報いがこれだ。すっかり私の体面を潰《つぶ》してしまった。あんなやさしそうな顔をして、あんなに猫をかぶっていて、私をドタン場で笑いものにするために、息子を引き入れて、一芝居を打ったのだ。私は今まですっかりだまされていた。あの女は魔性の女で、はじめ見たときから何だか不吉な感じがした。あの女のおかげで、自分は永い間の輝やかしい社交生活に汚点を塗られた。これでもう自分は世間へ顔出しのできない身になったから、尼にでもなる外はない。

でも、ただ負けているのは口惜しいから、社交界から引退する前に、息子の前であの女の面皮を剝《は》いで、息子にあの女のいやらしさをよく認識させて、一刻も早く離婚させてやらなくてはならない。そうしなくてはどうしても気がすまない。あんな薬屋の娘に、私ともあろう者がひどい侮辱を与えられて黙っている手はない。松本さんも薬屋さんにはちがいないから、この一言にはムッとしたらしいけれど、お母様はもう御自分で何を言っているかわからない御様子で、それから今度は永々と私たち夫婦の悪口がはじまったらしいの。あの苦労人の松本さんが、そこまでお伝えにならなくてもよさそうに思うけど、お父様に危機を知らせるにはやむをえないとお思いになったのでしょうね。

そして話の結論は、松本さんのお口ききで一週間以内に、どうしても絢子を離婚させてくれ、離婚させてくれなければ私は死ぬ、あなたの会社の薬のようなちっとも利かない薬ではなくて、すぐ利く薬をちゃんと手に入れているんだから、とすごい目附で仰言るのですって。

御令息や絢子さんの意見もおききになっては、とすすめても、耳を貸すどころか、明る朝になっても、詫びの電話一つ入れて来ないのは宣戦布告と同じだ、私はもう息子も他人と思っている、と言って、又お泣きだしになって、松本さんはほとほと困られたらしいの。

きいているお父様の身にもなってごらんなさい。お父様は、俊男さんのいるところでなく、どうしても絢子と二人だけで話せ、と仰言って、今朝、私がこうしてお使者に立つことになったのよ。一体何ということなの？」

と言っているうちに、稲垣夫人も、昂奮《こうふん》してきて、ハンカチを出して、洟《はな》をすすった。

38

――ともあれ、この問題は、最終的には俊男の問題だった。そのことは、暗黙のうちに稲垣夫人にも絢子にも、明白そのものになっていたが、母子《おやこ》とも、はしたなくなることを怖れてお互いに口に出さなかった。絢子が彼の名を口に出せば、自分の良人《おっと》を自分の母親の前で非難することになり、夫人がそうすれば、自分の婿の蔭《かげ》口《ぐち》を娘に吹き込むことになったからである。

二人はあいまいなままに別れたが、一人残された絢子の悩みはひととおりではなかった。自分がそれほど人に憎まれている。その感じが実に異常で、腹立たしいというよりも、狂人に狙われたような恐怖があった。こんな自分が手練手管に富んだ魔性の女だというのも、光栄至極のようであるが、空想的で、いかにもリアリティーに乏しい心地がした。丁度、憎悪という感情が、窓硝子《まどガラス》にぶつかってくる蛾の群のようで、室内にまで入って来ないのが却《かえ》って不気味、しかもその蛾の目標が全部彼女自身に向けられているというのが、この上もなく不気味に感じられた。

そのうちに絢子は一人で笑いだした。

『こんな呑気《のんき》なことを考えている私は、どうかしてるんじゃないかしら。一週間以内に離婚させられそうになっている私だというのに』

会社へ私用の電話をかけることは絶対の禁制になっていたので、今まで絢子は守りつづけていたが、さっき母が、

「私から俊男さんに電話をかけて上げましょうか」

と言われたときも、九分通り気持が動いたのに、そのままにしてしまった。今はもう、自分でその禁を犯す他はないのである。

絢子はさんざんためらったのち、とうとう自分で電話をかけた。

「何だい、急に」

「どうしても急に会いたいの」

「よし。昼飯を一緒に喰《く》おう。丸の内の泰東楼まで出て来てくれ、正午に」

と俊男は簡単に答えて電話を切った。

これほど禁を犯した電話の急用なら、まず用件をききそうなものなのに、それをしないところを見ると、俊男はすでに話の内容を知っているのだとしか思えなかった。

——泰東楼は丸の内ビル街のまんなかにある地下の古い支那料理屋で、戸外の明るい光を避けて入ったその古風な薄暗さが、いかにもビル街の老実業家たちの好みに叶《かな》っていて、およそ若い人向きではない。閑散な食堂で、そばをすっている中年や初老の人たちを横目に見て、絢子は俊男がとっておいてくれた個室に入った。

俊男はまだ来ていず、ガランとした朱いろの円卓の上へ、おしぼりが出された。ビニールの包みが冷やされてすっかり曇り、そのおしぼりをとり出してみても、冷たく乾いた感覚が異様だった。暑いほどの戸外を歩いてきても、冷たいおしぼりを嬉《うれ》しくも思わぬ自分の皮膚の苛立《いらだ》ちが感じられた。どんなに気強く見えるかもしれないが、少くとも今日、俊男には決して涙を見せまいと絢子は固く決心していた。

やがて俊男が入ってきたが、妙にしおれた様子でなく、そうかと言って変に颯爽《さっそう》とした風でもなく、ごく事務的に入ってきて、やあ、と言ったのが気持がよかった。

そして、女の子にテキパキと料理を注文すると、絢子の返事を待つように黙った。

「今朝、里の母が突然やって来たの。そしてお姑《かあ》さまが大へん怒っていらして、一週間以内に離婚しろと……」

そこまで平静に言って来たのが、自分でもおかしいくらい、突然口惜《くや》しさがこみ上げて来て、それ以上喋《しゃべ》ると涙声になりそうなので、絢子はあわてて口をつぐんだ。

「わかっているよ」と俊男は、言うに言われぬ悲痛な表情で答えた。

「僕ももう知っている。今朝、会社宛《あて》におふくろから電報が来たんだ。君も知っているなら、見せよう」

示された電報には、こうあった。

「イッシュウカンマツ。イッシュウカンタッテモ、リコンシナケレバ、ワタシガシヌ。アナタノアワレナアワレナママ」

そこへもう料理が運ばれてきたが、喰《た》べる気のない料理が運ばれるのほど、鬱陶《うっとう》しいものはない。二人は黙っていたが、その黙っていることが危険信号ではないことは、絢子にもわかっていた。俊男も必死に、何らかのよい解決策を考えて頭を悩ましていることは明らかだった。

「いっそ二人で駈落ちでもするか」

「バカバカしい。夫婦の駈落ちなんてきいたこともないわ」

絢子が笑いもせずにそう答えたので、俊男も再び黙ってしまった。やがて、

「いずれにしろ、今の段階では、おふくろはそっとしておくに限る。どうしよう、今日僕が松本老社長のところへ会いに行って、中に立ってもらうようにたのみに行

「そうか」

「そうね」と絢子もしばらく考えて、「……でも、松本さんも結局お姑《かあ》さまの味方の立場で物を言っていらっしゃると思うのよ。そうしないとますます面倒になるとお思いでしょうし、こんなやりきれない面倒も、もとはといえば自分の橋渡しで私たちを結婚させたことだ、と考えると、決して私たちの全面的な味方に立って下さるとは思えないわ」

「そんなこともあるまいが……」

と俊男は一応否定したが、彼もそう思っていることは明白だった。

「でもね、愚痴みたいだけど、社交的に云えば、宮様の主賓のパーティーに無断欠席した私たちも悪いんだけれど……」

「それでお詫《わ》びのしるしに自殺でもするか」

「いやね……でも、宮様に失礼をしたということだけは残っていてよ」

「うむ」と俊男は一寸《ちよつと》うなずいたが、その目が急にキラキラと輝いて、おどろくほど大きな声で、

「そうだ！」

と叫んだ。

「まあ、びっくりするわね。何？」

「僕が今日宮様のところへお詫びに行って来る」
「あなた、あの宮様をよく存じ上げてるの？」
「そうでもないけど……、よし、今日僕は、永年蓄積した親ゆずりの社交的手腕を最大限に発揮してみせるぜ」

39

花山宮妃殿下は、十五年前に背宮《せのみや》を失われてから、ずっと社会事業に献身されて、誰一人として尊敬せぬ人のない立派な毎日を送っておいでになった。そのせいか、もう五十歳というお年なのに、若々しくお美しくて、品位といい優雅といい、若い妃殿下方がひとしく御手本になさっている方だった。

終戦後間もなく背宮が薨《こう》ぜられて、いろんな仕事に手をお出しにならず、堅実な財政顧問に委《まか》せて、じっとしておいでになったのが却《かえ》って幸いして、昔の御殿は財産税で処分されてホテルになったが、その敷地の一角にのこる美しいフランス風の離家《パビヨン》にずっとそのまま住んでおいでになる。

俊男は、会社を早退《はやび》けして、初夏の美しい午後に御門から玄関までのみごとな木立の間の道を歩み、御玄関のベルを押すと、戦前そのまま羽織袴《はおりはかま》の執事があらわれたのが奥床しかった。

妃殿下はほとんど和服しかお召しにならない方で、通された応接間の開け放した窓の外の緑に見とれていると、地味な、趣味のよい和服姿でお出ましになった。

そのとき窓から見える木立をつんざいて、

「××様の御車……××建設の御車……××社長様の御車」

と呼ぶだみ声の拡声器の声がきこえてきた。

「毎日今時分からああなんでございますよ。午後もぶっつづけ、ホテルでいろんな会合があるようでございます」

「さぞおやかましゅうございましょう」

「いいえ、夜分寝《やす》みます頃には、もうあの声はいたしませんから。それに私、大てい留守にいたしておりますでしょう。今日は本当によございました。丁度在宅いたしました日で」

「お休みのところへ伺いまして。実はお詫びに伺ったのでございます」

「は？」

「先日、母の会にお出《い》でいただきましたのに、よんどころのないことで無断欠席をいたしまして」

「ああ、そのこと。それなら、お詫びなどとお固くお考えにならないように」

当だった。

こういう応対なら俊男の独壇場で、今の青年が、決して真似のできないような芸の名で特別扱いをして下さったことは明白だった。

妃殿下がその日の面会申込みをすぐお受けになったのも異例だったが、滝川俊男

事実、面に陳謝の意をあらわして、宮家の客間に坐《すわ》った俊男の姿は、妃殿下ならずとも、女性なら誰でも見てみたいと思うほどの、憂いを帯びた若々しい優雅に充ちていた。仕立のよいダーク・スーツに灰鼠いろの縞《しま》のネクタイを締め、この上もない端正な顔に、申訳なさ一杯の表情を湛《たた》えて、礼儀正しく椅子に掛けた姿を見れば、妃殿下がやさしいお気持になられたのも、尤《もっと》もというべきだった。

十分お詫びの心が届いたとみると、俊男はちらと、一種の甘い味のある微笑を泛《うか》べて、叱られた末にゆるされた子供の図々《ずうずう》しさもこめて、妃殿下を見上げた。そのとき、俊男のただささえ黒いつややかな髪の光沢が添うて、妃殿下は一寸《ちょっと》たじろいだようなお顔をなさった。

「実はそのことで……」と俊男は、急に語調の変った、甘えたような口調で言った。

「母が大変怒りまして、只今《ただいま》絶縁状態になってしまいました」

「え？」

妃殿下のみひらかれた御目の中には、好奇心と警戒心が一瞬戦った。

決して人の揉《も》め事《ごと》には関わってはならぬという永年の躾《しつけ》と、一種の高い矜持《きょうじ》とが、はしたない好奇心から妃殿下を救っていたけれども、滝川家のことなら、自分も招かれて出かけたほどの家であるし、知らぬ仲ではないのである。

「え、お母様がどう遊ばしたの？」

と、そこで妃殿下はもう一度お訊《き》き返しになった。

俊男は手みじかな説明をもう一度くり返した。

「まあ、どうしてそんなにお怒りになったのでしょう。そんなことで。……そして、今日は、お母様の代りにいらしたの？」

これは微妙な御質問だった。本来、詫びは当人の問題で、人にたのまれた詫びというものはありえないわけだが、このとき妃殿下は、この御質問で、一瞬のうちに、俊男の真意を見分けようとなさったのであろう。

「とんでもございません。私の一存で上りました。母は、こうして私が一存でお詫びに上ったことさえ禁じるでしょう。母はなんと、私にこんな電報をよこして、一週間以内に離婚しなければ死ぬと言って来たのです」

「まあ」

妃殿下は永いこと、俊男のさし出した電報に向って黙っておられた。そのうちに、窓外の青葉に射す光は斜めになり、「××様の御車」という呼び声は、一際繁《しげ》くなったように思われた。妃殿下が冷たい態度にとじこもることをなさらず、こうしてたった一人で明らかに助けを乞《こ》うてきた青年に、味方をしようという決心をされたことは、その美しいお顔の上をうつろう光のように、今ははっきりと俊男にもわかった。

「わかりましたわ。お嫁さんのことがからんでいらっしゃるのね」

「率直に申し上げれば、そうです」

「そう?」

と又妃殿下は考えておられたが、そのお顔が少しも静けさを乱さぬまま、朝ぼらけの空のように、やさしい同情の気持に染められてゆくさまは、実にみごとだった。妃殿下は突如として、朗らかな決断に充ちた調子で仰言《おつしや》った。

「わかりました。もうそれ以上何も伺いますまい。それ以上伺うと、あとで障《さしさわ》りが起きますから。……とにかくあなたは、今日こうして、わざわざ私に助けを求めにおいでになった。私でなければできないことがあるとお思いになったからね。

今だから申せますけれど、大妃殿下は大そうお厳しい方で花山宮家へまいりましてから、私はいろいろ苦労をいたしました。でも、今では、あなたのお母様のお気持と、あなたの奥様のお気持と、私には両方よくわかるような気がいたしますの。

何か、私にお助けできることがないかしら、とさっきから考えておりましたが、一つ、これは、と思うようなことがございます。来週、私はロンドンへ参ります。身障者の国際救済機関のロンドン本部で、大会がございまして、私は日本の支部の総裁をしておりますから、それに出席することになっております。

もちろん協会の方も二三人行かれますけれど、皆男の方でしょう。それに英語の御不自由な方ばかりで、私、どうしようかと思っておりましたの。ロンドンの日本大使館も助けてくれる筈《はず》ですが、私はぜひ気心の知れた、何でもお頼りできる、そして社交界を堂々と、乗り切ってゆけるいいコンパニオンがいらっしゃらないか、と考えておりました。そこで思いついたのはお母様のことですわ。英国大使夫人でいらした方だし、いろんな点で申し分のない方だし、なぜ私、早く思いついて、この間のディナーの時にお願いしなかったろう、と悔んでおりますくらい。

この話をお母様がお受けになるかどうかはわかりませんけれど、私から早速お話してみましょう。もちろん、あなたとお目にかかったことは内緒にして、何も知らぬことにして。もし受けていただけたら、私も嬉《うれ》しいし、こんなにいいことはないと思います。今、お母様は日本をお離れになって、気分をお変えになるのが何よりなんだと思いますわ。

その代り、約束していただきたいの。もしお母様がこの話をお受けになったら、あなた方御夫妻は、お母様を心からやさしく送り出して差上げなくてはいけません。

たとえお母様のほうが御無理だとお思いになっても、こちらの言い分はお抑えになって、それこそやさしくお詫《わ》びになるなり、お母様の懐ろへ飛び込んであげることですよ」

俊男は思いもかけない成行にびっくりしていた。

妃殿下の御厚意は実に有難かったが、そんなに先走りに、何もかもこちらにいいように計らって下さるとは、俊男も想像していなかった。俊男の心づもりでは、妃殿下にお願いして、それとなく母にお言葉をいただけば、何よりも効き目があるだろう、と思って伺ったのであるが、妃殿下はそれより百歩も二百歩も先をお進みになり、俊男が多くを言わないのに、すべてを直観でお察しになって、思いもかけない救いの手をさしのべて下さったわけである。

すべてをお委せして辞去する間際、妃殿下は、俊男の心をくつろがせるおつもりであろう、こんなことを仰言った。

「あなたは奥様を本当に愛していらっしゃるのね」

俊男はこんな時に、もっと洒落《しゃれ》た応対のできる筈の男だったが、これほど直観力の鋭い方の前へ出ては、何を隠してもはじまらない、自分がこの異例で無躾《ぶしつけ》な参上の仕方をしたのも、何がそのもっとも深い動機か、すっかりお見とおしなのだ、と思うと、その咄嗟《とっさ》の判断もつかぬ先に、思わず、まるで、不意をつかれて水たまり

に飛び込んでしまったように、

「はい」

と答えてしまった。

「お独り身のころ、あんなにさわいでいらしたお嬢さん方は、御結婚で、さぞがっかりなさったでしょうね」

「そんなことはございませんよ」

「いいえ、さわいでいらしたわ、遠巻きにして。おそばへ寄ると、きっと怖かったのでしょうね」

俊男は妃殿下のそんな軽口にもおどろいたけれども、自分が無意識に人に与えていた印象が、妃殿下のお耳にまで届いていたのにもおどろいた。何はあれ、自分の中に、人を惹《ひ》き寄せもすると同時に「怖く」も思わせるふしぎな要素があることは、これほど鋭い方の口からきくと、改めて不気味な実感があった。人からははっきり見え、自分には全く見えない、何か冷たい青い棘《とげ》のようなものが、自分の全身に生えている、と感じること。……

40

まさか息子がすでに宮家へ伺っているとは知らない滝川夫人は、宮家の突然のお電話を少しも疑ってはみなかった。

夫人のような人には、呆《あき》れるほどの軽信と呆れるほどの疑《うたぐ》り深さとが、表裏一体をなしているのだった。自分に有利なこと、嬉しいこと、好ましいことはしゃにむに信じ込み、一旦《いったん》これが裏返ると、無際限に疑惑のとりこになる。その疑惑もとめどがなくなって、およそ論理を超越してしまう。つまり、軽信にも論理がなければ、疑惑にも論理がないのだった。

妃殿下が、明るい澄みやかなお声で、

「この間お話申上げたかどうか、ロンドンの本部の大会で、私急にロンドンへ発《た》ちますのよ。それで助けていただきたいことがあって、至急お目にかかりたいの」

と電話で仰言《おっしゃ》るので、夫人はとるものもとりあえず飛んで行った。妃殿下からこんなお言葉をいただいて、躊躇《ちゅうちょ》する者があるだろうか。

そして妃殿下の御依頼は、今のような精神状態にある夫人にとっては、渡りに舟であったので、二つ返事でお受けしてしまった。もちろん夫人の渡航費や仕度金一切は夫人持ちであるが、それに否やはないのである。

　この足もとから鳥の立つような御依頼に、夫人は不自然を感じるのが当然であろうが、妃殿下は、数週間困りに困り迷いに迷った末、あなたにお願いしてみる他はないという結論に達したのだ、とみごとに御説明になった。

　滝川夫人は、宮様の前で、この間のディナーの失錯をくどくどと弁明したい欲望にかられたが、あまりお話がうれしかったので、それをしないでしまった。

　夫人は、すでに何人もの女友達のところを駈《か》け回り、泣くだけ泣き、訴えるだけ訴えたので、宮様の前では、体裁をとりつくろう自信ができたのである。

　宮様は宮様で、場合によっては一週間以内に自殺する筈のこの夫人が、大してやつれもせず、ロンドン行の話をきいたとたんに、生命の焔《ほのお》に全身が燃え上ったような様子を見せるのにおどろいた。

「お受けいただいて、うれしゅうございますわ。こんな急な出発で申訳ございませんけれど……」

「いいえ。どういたしまして。外交官生活をしておりました時は、いつもあわただしい転任をしておりましたから、何ともございません。もう一度、むかしの忙しさに帰ったようで、お陰様で若返りますわ」

　妃殿下が相手の意向にとらわれず、のっけから用談に入られたのがまずよかったのである。これで滝川夫人が愚痴話に入るのを封じられたと同時に、夫人は一旦妃殿下のお話を伺うと、忽《たちま》ちこれをお受けする気になったので、それと共に、決してこれを他人に譲りたくないという気持のとりこになった。

「どう考えてもあなたしかない」という交渉の文句は、よくある外交辞令で、実は妃殿下は、他にも二三の候補を考えておられるにちがいない。もしここで滝川夫人がお受けしても、はなはだ不適格な、外聞のわるい事情がみつかれば、すぐにも別の候補に取り代えられてしまうにちがいない。

伺えば、一行のスケジュールには、エリザベス女王の午餐会まである筈で社交界のもっとも華やかな頂点がつづく毎日である。これをどうしても他の人にとられたくないという気持が、滝川夫人には油然《ゆうぜん》と起った。

それには今、つまらない家庭のいざこざなどは表てへ出すべきではない。昨日一日、あれだけ大ぜいの友に、悲劇の状況を訴えてまわったのが後悔される。これからいそいで又口止めに回らねばならないのかしら、と思っていると、

「それで、余計なことでございますけれど、三週間ほどお留守になさるあいだ、お留守宅は御心配ございませんの？」

「はあ、それはもう」と夫人は思わず澱《よど》みなく答えてしまった。「息子夫婦に留守番をしてもらいますから。嫁に委《まか》せて安心して出かけられる身分でございます」

これで夫人は決定的に、妃殿下の前では、「平和な美しい家庭像」を演じ通す他はなくなったのだった。

41

以後五六日の夫人の言語を絶した多忙については、贅言《ぜいげん》を要しまい。

いきなり俊男の会社へ電話がかかって、

「来週ロンドンへ発つから、羽田へだけは、夫婦で見送りに来て下さいよ。必ずね。たのんだわよ。仲の悪い風を決して見せてはだめですよ」

「仲の悪いって、誰と誰とですか」

「決っているじゃないの。あなたと絢子ですよ」

それでガチャンと電話は切れてしまった。話は完全に顚倒《てんとう》してしまったのである。家へ電話をしてこのことを伝えると、絢子は久しぶりにこだわりのない笑い声をきかせて、俊男を幸福にした。

そのときから絢子は、自分を蛇蝎《だかつ》の如く嫌っている老婦人と、もう一度対話の機会を持つ決心をしたのである。

彼女はこのことを、自分の母にも良人《おっと》にも打明けるべきではないと考えていた。

打明ければ心労の種子《たね》を与えることになり、又、偽善的な広告にもなり、いずれにしろ、姑《しゅうとめ》と自分との間に、誰かの配慮や計算を置くことは、却《かえ》って自分の行動の純粋さを失くすことだった。

絢子は自分一人で行動しようと決心し、目論見《もくろみ》を立ててみれば、それは簡単だった。滝川夫人を家へ訪問しても、何ともなるものではない。夫人はまず一日の大半を、例のオートクチュールの宮村で送っていることは知れているのである。

絢子は、そう決心すると、俊男を朝送り出してから、腕によりをかけて美味《おい》しい贅沢《ぜいたく》なサンドウイッチを拵《こしら》え、魔法瓶に入れた紅茶と一緒に持って出た。オートクチュールの入口は雑然としていたので、外から人を呼んで夫人の在否をたしかめることは楽にできた。

「一寸《ちょっと》」

と忙しそうにしている女の事務員を廊下へ呼び出して、

「滝川の母は来ておりまして？」

「はい、いらっしゃいます」

とあわてて呼びに行きそうになるのを、

「いいのよ、今大へんなところでしょう」

「はい。十何着一度にお作りになるところでしょう、それも二三日で。仮縫いで天手古舞。仮縫室は気ちがい病院みたいですわ」

「お昼ごはんどころじゃないわね」

「きのうもお昼をお抜きになったようでございます」

「いいわ。お昼を持って上ったの。あのね、私、隅の方で待っていますから、母には、決して私の来ていることを知らせないで。おどろかして上げるんだから。いいこと？」

「はい。承知いたしました」

と三十をいくつか越した地味な女は、頼もしく受け合ったので、絢子は心附を渡した。

もうお午《ひる》に二十分くらいしかない時刻だった。待たされてぶつぶつ言っているお客の間にまじって、『ヴォーグ』で顔を隠して絢子が待っていると、時々仮縫室から夫人の金切声や唸り声《うなごえ》がきこえてきた。

「いやあね。何？　この形？　入道雲みたいじゃない？」

「ふう……ふう……こんなものを着るくらいなら、死んだほうがましだわ」

正午になった。絢子は紙包みをひらくと、美しくサンドウイッチの見える透明な包みにリボンをかけたランチと、紅茶の茶碗《ちゃわん》を持って、ツカツカと仮縫室へ進んで行った。少し足が緊張して、余計な感情が入りそうになったが、押し切って、まっすぐ歩いた。カーテンをサッとひらくと、そこにはスリップ一枚の上に真紅の生地《きじ》をまとった滝川夫人の体が鏡のまばゆい反射の只中《ただなか》に立っていた。

「はい、お母さま、ランチをお届けにまいりました」

「まあ」

夫人の目に一瞬複雑な色が動いた。

「まあ、おやさしい！」

「何てよく気がおつきになるんでしょう！」

まわりの女たちが一せいにあげた叫びが、夫人に、ここは世間の真只中だということを感じさせたらしかった。ふいに夫人の顔には実に自然な微笑がひろがり、

「ありがとう。絢子さん。本当にやさしいでしょう、この人。私の留守中も、夫婦で留守番をしてくれることになってるのよ」

そんなことはもちろん絢子には初耳だったが、

「ええ。今日は、一日何かお手つだいをさせていただこうと思って」

「あらよかった。ここへ一時に旅行エージェントが来るのよ。仮縫がとても間に合うわけがないから、あなた代りに会って下さる？　私の旅程のメモ、そこにあるわ、そこのハンドバッグの中」

忽《たちま》ち絢子は巻き込まれてしまった。奇襲は成功したのである。

――第三者のざわざわした目前で、こうして即座に成立った和解は、はじめの間こそ明らかにお芝居だったにちがいないが、次から次と訪問客や電話のまじる午後の仮縫の間、絢子が忠実な秘書役をつとめるうちに、夫人とのめまぐるしいやりとりにもイキが合いはじめ、絢子の呑《の》み込みも早いので、倍の速さですべてが片附いて行った。

　夫人は午後三時半には、オートクチュールを、まず安心という見とおしをつけた上で、出ることができたのである。

「ああ、疲れた。そこらで休ませて。コーヒーを呑ませて。あのテレビのビルの地下室がいいわ、静かで。……でも助かった。これで二時間ばかり休めるんだわ」

　夫人は息もたえだえに言うと、すぐ近くのテレビのビルの地下へ下りて、噴水のあるひろい人工の庭に向って、テラスのある喫茶店の、人気のない椅子に落ちついた。

　コーヒーが運ばれてくるまでの間、一寸放心したような沈黙があった。しかしそれは、何かが待たれている危険な沈黙だった。絢子はそれをきわめて賢明に処理したのである。

「お母さま、御免あそばせ、私が本当に悪うございました」

「何を言うのよ、絢子さん」と言い出して手をさしのべた夫人の態度には、すでに自然な、今まで夫人が見せたことのないような、ごく自然なやさしさがあった。

「私も、いろいろあとで考えたわ。やっぱり俊男が私から完全に独立したくて起った小さなトラブルだったのね」

「いいえ、私が……」

「いいのよ、絢子さん。私もバカだったけれど、あの子もバカだわ。何てヘンな子だろう。あんな何でもできる子、百科辞典の編集者ぐらいにしかなれやしないわ」

夫人があまり憤然とした調子でそう言ったので、自分でも笑い出してしまい、絢子と見交わしたお互いの笑顔に、楽なゆるやかな感情がほぐれてきた。コーヒーが運ばれた。その匙《さじ》の持ち方一つにも、夫人の白い、かすかにしみの浮き出た手は、独特の高雅な動きを示した。絢子は素直にそれを見習いたいと思った。この気持が夫人にも通じたのであろう、夫人はいつにないしんみりした告白の調子になった。

「あなたは女がたった一人でコーヒーを呑む時の味を知っていて？」

「……………」

「今に知るようになるわ。お茶でもない、紅茶でもない、イギリス人はあまり呑まないけれど、やはりそれはコーヒーでなくてはいけないの。それはね、自分を助けてくれる人はもう誰もいない、何とか一人で生きて行かなければ、という味なのよ。黒い、甘い、味わい、何だかムウーッとする、それでいて香ばしい味。しつこい、諦《あきら》めの悪い味。……それだわ、私が本当にコーヒーの味を知ったのは、俊男が結婚してからはじめてだったの。それまではコーヒーの味がわからなかった。主人が亡くなったあとでもね。

一人で生きなければ、とたえず背中から圧迫されたり激励されたりしているような感じってわかって？　誰かの手がいつも自分の背中を、はげますように叩《たた》いている。あんまりうるさいから、背中へ手をのばしてつかまえてやると、それが何と自分の手なんだわ。

私は自分のさびしさを認めるのが死んでもいやでした。自分をさびしい女と思うことが、絶対にいやでした。私はもともと、さびしい女なんかになるために生れてきたのではないのですものね。

でも、とうとうそのさびしさを自分でみとめなければならなくなった時、私は発狂してしまったのよ。わかって？　自分が弱くてさびしいということを、こんなにしたたかに思い知らせてくれた人は誰だろう、とあたりを見廻《みまわ》すと、あなた方（夫人は決して「あなた」とは言わなかった）の顔が、否応《いやおう》なしに浮んで来たわけ。そうしたら、その顔が、私を嘲笑《ちょうしょう》しているような気がした。

さびしさ、というのはね、絢子さん、今日急にここへ顔を出すというものではないのよ。ずうーっと前から用意されている、きっと潜伏期の大そう長い、癌みたいな病気なんだわ。そして一旦《いったん》それが顔を出したら、もう手術ぐらいでは片附かないの。

私、何で自分がさびしいのか、その理由を探さなくては気がちがいそうだった。

あなた方の結婚が、はっきりその理由を与えてくれたように思い込んでしまった。

でも、私ってバカなのね。さびしさの本当の深い根は自分の中にしかないことに気がつかなかったの。

鳥のいない鳥籠《とりかご》は、さびしいでしょう。でも、それを鳥籠のせいにするのはばかげているわね。鳥籠をゴミ箱へ捨ててもムダというものね。鳥がいないことには変りがないんですから。

でも、何十年も先、あなたもきっと同じさびしさを味わうだろうと思うと、少しは埋め合せがつく気がする。それは女というものの引きずっている影みたいなものなんですよ。女は、いつかそのさびしさに面と向かわなければならないの。男の人とちがって、女は人のいない野原みたいなものを自分の中に持っている。男は、その野原の上を歩いて、悲壮がって、孤独だ孤独だなんて言っているにすぎない、と思うのよ。

いつか、あなたも、私の言ったことを思い出すことがあると思うわ。たとえば、障害を跳び越えてほっとしたあと、うれしいと思う気持のあいだにも、ずっとさびしさが、一本の道のように、向こうへずっとつづいているのを見ることがあると思うわ。

私、はじめ、それは幻みたいに見えるの。でもいずれその幻が現実になるのよ。私、あなたにこんなさびしさを白状できるなんて、今まで想像もしていなかった。三、四日前の私なら、絶対にできなかったと思うのよ。でも、今日、あなたがああやって、私の胸に飛び込んで来てくれたから、一番言いにくいことが言えたんだと思うの。

羽田へは見送りに来てくれるわね」

「ええ、もちろん。御出発まで毎日お手つだいさせていただきたいし、そしてお留守番も……」

「ありがとう、ありがとう、絢子さん」

夫人の目はかすかに涙ぐんだ。絢子は、この人をはじめて一人の女として見ている自分に気づき、そう感じたとたんに、実に素直に、夫人に応ずる涙が目頭に感じられた。

「かえって来たら歓迎会をして頂戴《ちょうだい》ね」

「ええ、もちろん」

「うれしいわ」

夫人の目ははや涙を払っていきいきとしていた。そして夫人が言った次の言葉は、いかにも滝川夫人らしい、人をおどろかせる強烈な宣言であった。

「歓迎会はブラック・タイにしましょう。主賓はもちろん花山宮妃殿下。ディナーは、昔風に、ダブル・コースにしてもよろしいわ。冷酒《ソルベ》にはシャトオ・イケムをあけましょう。ああ、そのときは、みんな夜会服で、夜の二時三時まで、一人としてお客様が帰りたがらない、すばらしいパーティーにしましょうね」

解説　愛すべき三島由紀夫の避難場所

田中和生

三島由紀夫は勤勉な作家だった。たとえばそれは、敗戦後の日本が焼け跡から回復して高度成長を実現し、「東洋の奇跡」と呼ばれる戦後復興をなしとげたことを思わせるようなきまじめでひたむきな勤勉さだった。実際、三島由紀夫が活躍した期間は朝鮮戦争が起きて特需が発生する一九五〇年前後から国民総生産（GNP）がアメリカ合衆国に次いで資本主義国側で第二位に躍り出る一九七〇年前後までという、戦後日本の復興期にそのまま重なっている。その意味で三島由紀夫は、作品に見られる反戦後的な美学や日本の欺瞞《ぎまん》に対する批判的な視線にもかかわらず、きわめて戦後日本的な作家である。

そのことにまつわる伝説も多い。なにより作品を書く時間を大切にしていた三島由紀夫は、知人との会食や宴席などでどんなにお酒が入って楽しく談笑していたとしても、かならず夜十一時までには切りあげて帰宅し、執筆の時間をつくったという。私小説作家のように怠惰であることをひそかに誇ったり、サラリーマン社会のあわただしさに反感をもったりしている日本の文壇の雰囲気から見て、その態度はひときわ異彩を放っている。昼間は官僚として軍医総監という激務をつとめながら深夜に執筆していた明治期の森鷗外のように、敗戦後の日本に生きた三島由紀夫はおそらく自分が原稿用紙に記す一字一字が戦後日本をつくりあげていくという使命感をもっていたのである。

そうした勤勉さは、結果として三島由紀夫の作品世界を様々な読み方を可能にするものにした。詩、短篇、長篇、娯楽小説、戯曲、評論、エッセイ、紀行など、それはジャンルとして見ても多岐にわたり、分量も最新版の全集で四十二巻という重厚さである。しかし商品として流通しやすいという理由からか、あるいは『仮面の告白』や『禁色』、また『鏡子の家』や『豊饒の海』四部作といった長篇小説こそ三島由紀夫がその勤勉さをかけてとり組んだ戦後日本的な作品であったからか、長篇を中心とする読み方は根強い。

けれども三島由紀夫がその欺瞞を許容して生きつづけられなかった一九七〇年以降の日本で生まれたわたしが、三島由紀夫の作品を読んで戦後日本的な問題と無縁なところで強い刺激を受けるのは、まずそのあまりの明晰《めいせき》さと文学に対する理解の深さに圧倒されるエッセイである。単行本で言えば、日記のかたちを取っている『小説家の休暇』や『裸体と衣裳』、あるいは自伝的な『私の遍歴時代』などがそれに当たるが、そうした文章にあふれているのは三島由紀夫がその本質としてもっていた鋭い批評精神である。それは『文章読本』や『太陽と鉄』、あるいは『文化防衛論』といったきまじめでひたむきな表情をつくった本格的な評論ではかえって見えにくく、日記や自伝といった身辺のことを気軽に語ったものによく表われている。だから「三島由紀夫こそは、戦後最高の批評家である」と断言するフランス文学者の鹿島茂も、そうしたエッセイ調の文章からフランス文学にかかわる部分だけをあつめて『三島由紀夫のフランス文学講座』という、その批評の鋭さを堪能《たんのう》できる本を編んでいる。

次いで戦後日本の醜悪さに対峙《たいじ》するだけではない、高い芸術性を示しているのは戯曲である。それを充分に味わうためには読むだけでなく、三島由紀夫が書く言葉の観念性という欠点が役者の肉体によって埋められる、舞台そのものを観なくてはいけないという難点はあるが、実際『近代能楽集』や『鹿鳴館』といった戯曲のなかで『サド侯爵夫人』を三島由紀夫の最高傑作としてあげる人は多い。

そして敗戦から六十年以上がすぎて、戦後日本のあり方が風化しつつある二十一世紀において、次に新しい読み方を待っているのは三島由紀夫の勤勉さが惜しげもなく注がれた純文学としての短篇や長篇ではなく、むしろその余白に生まれて気軽に書かれた娯楽小説ではないだろうか。たとえば一九六七年に刊行された『夜会服』も、その一冊である。

＊

三島由紀夫の小説『夜会服』は、雑誌「マドモアゼル」に一九六六年から翌年にかけて連載された。時期としては、前年の一九六五年にすでに代表作である『サド侯爵夫人』を発表し、自らの文学の決算としてライフワークと位置づけた『豊饒の海』の第一部『春の雪』の連載もはじめており、三島由紀夫の思想と行動が緊迫して凝集していく入口に当たっている。娯楽小説として書かれているのがわかるのは、全篇にわたって表現上の冒険が行われている箇所を見出《みいだ》せないからだが、そのことが逆に、観念的な言葉で武装した純文学の作品より二十一世紀の日本で新しく気軽に読まれる条件をもっているとも言える。

主要な登場人物は語り手が寄りそう主人公「稲垣絢子《あやこ》」と、その「絢子」が入ったばかりの乗馬クラブで知りあう「滝川夫人」、さらにその息子で「絢子」の結婚相手となる「滝川俊男」の三人である。物語としての緊迫感は、かつて外交官の夫をもっていた未亡人であり、戦前からつづく資産家の家に生まれて上流階級の人々とのお茶会やパーティーといった「夜会服」の世界に生きる「滝川夫人」と、戦後に実業家として成功した父をもつ若い娘であり、新しく上流階級の世界に足を踏み入れようとしているこれまで「夜会服」など着たことのない「絢子」が、「俊男」をめぐって心理的なかけひきを繰りひろげるところから生まれる。図式的に言えば、それは嫁と姑《しゆうとめ》の確執という古典的な話にほかならない。

では婿である「俊男」がどういう人物なのかと言えば、もともと母の「滝川夫人」が生き甲斐《がい》を見出《い》している「夜会服」の世界には批判的であり、実は「絢子」との結婚によって母から自由になろうとしている。だとすれば、すぐに「俊男」と「絢子」は固く結ばれてもよさそうだが、そうならないのは「夜会服」の世界が日本の近代化を象徴する場所でもあるからだ。もちろん「俊男」も「絢子」も、近代そのものから逃れることはできない。

なにより「俊男」という、どこか虚無的でありながら近代社会における万能の力をもっているように見える男性の魅力は、日本の近代化の矛盾を体現するかたちで造形されているところにある。たとえば「俊男」は見た目もよく博覧強記で、外国語にも通じてスポーツも得意である。機知に富んだ会話ができて、どんな人ともうち解けて場を盛りあげることができる。それは若くして近代社会で評価される能力をなにもかも身につけていることを意味するが、そのことと引き換えに「俊男」が抱え込んでいるのはだれにも本音をさらけ出すことができないという孤独である。

なぜならそうした万能の力は外交官だった父が出入りして母がそれを受けついだ「夜会服」の世界で認められる、つまりヨーロッパ文化を模倣することで手に入れられるものだからであり、それは徹頭徹尾ヨーロッパ化しなければならないという近代以降の日本の建前をなぞることで実現されている。子供のころの「俊男」が万能のロボットをつくって遊んでいたという挿話は、その「俊男」自身がヨーロッパを模倣した建前としての日本という「夜会服」の世界における、本音を奪われたロボットにほかならないことを意味している。

こうした「俊男」の造形に、三島由紀夫自身の自己イメージが投影されているのは間違いないだろう。学習院から東大法学部に入学し、優秀な成績で卒業して大蔵省に入るという近代日本のエリートコースを一度は歩み、作家になってからも森鷗外を手がかりに文体を改造し、ボディビルによって肉体を改造し、国際的な作家となってからは英会話に励み、民兵組織「楯の会」を結成するときには自衛隊に体験入隊するなど、三島由紀夫はあたかも万能のロボットになろうとするかのように必要な能力を身につけて生きてきた。あるいは「俊男」を描きながら、三島由紀夫は戦後日本という「夜会服」の世界から出ることができず、本音を隠して建前をなぞるかのように生きざるをえない自らの存在の悲哀を深く感じていたかもしれない。

注意深く読めば、そうした現実的すぎる悲哀を和らげる場面が『夜会服』にいくつかあることに気づく。

＊

一つは日本が模倣しなければならないはずのヨーロッパやアメリカの人々が、醜悪で滑稽《こっけい》なものとして描かれていることである。たとえば婚約中の「俊男」と「絢子」が会うアメリカ人の実業家や「絢子」が「滝川夫人」を手伝って最初に体験するパーティーで見かけるイギリス貴族の夫人、あるいは「俊男」と「絢子」が新婚旅行先のハワイで出会う太平洋戦争を戦ったらしいアメリカ軍人の夫婦などは、どれも欺瞞《ぎまん》と耐えがたい特徴をそなえた人物たちである。日本人が日本語で読むかぎりは気がつきにくいが、世界性をもつ作品ではありえない書き方だろう。

もう一つは日本の天皇家につらなる「宮様」が出てくる場面である。物語の末尾で「滝川夫人」に決定的に反抗して危機的な状況に陥った「俊男」と「絢子」を救うのは、「俊男」の本音を聞き届けてくれる「宮様」の存在である。そこにはおそらく、戦前の二・二六事件と敗戦後の人間宣言によって昭和天皇に対して生涯屈折した感情を抱きつづけた三島由紀夫が夢想した、戦前から戦後へと変わらずにつづく近代化という建前を強いられる世界において日本人の本音を守ってくれる天皇という、理想的なイメージが投影されている。

こうして本音をさらけ出した心の避難場所を愛すべき娯楽小説のなかにつくりながら、現実に三島由紀夫が辿《たど》りついたのは一九七〇年の割腹自殺だった。「俊男」とその孤独を理解する「絢子」の「愛」が成就される『夜会服』の甘すぎる末尾がわたしたちに突きつけるのは、そうしてひとりのすぐれた作家を自死させてしまった日本の現実に欠けていたものはなにかという問いである。

本書は『決定版　三島由紀夫全集』（新潮社）を底本とし、現代仮名遣いに改めました。

本文中には、今日の人権擁護の見地に照らして、不適切と思われる表現がありますが、著者自身に差別的意図はなく、また、著者が故人であること、作品自体の文学性・芸術性を考え合わせ、原文のままとしました。

（編集部）

夜会服《やかいふく》

三島由紀夫《みしまゆきお》

平成21年 10月25日　初版発行
令和7年 1月15日　15版発行

発行者●山下直久

発行●株式会社KADOKAWA
〒102-8177　東京都千代田区富士見2-13-3
電話　0570-002-301(ナビダイヤル)

角川文庫 15949

印刷所●株式会社KADOKAWA
製本所●株式会社KADOKAWA

表紙画●和田三造

●お問い合わせ
https://www.kadokawa.co.jp/（「お問い合わせ」へお進みください）
※内容によっては、お答えできない場合があります。
※サポートは日本国内のみとさせていただきます。
※Japanese text only

ISBN978-4-04-121213-4　C0193

◆◇◇

角川文庫発刊に際して

角川源義

第二次世界大戦の敗北は、軍事力の敗北であった以上に、私たちの若い文化力の敗退であった。私たちの文化が戦争に対して如何に無力であり、単なるあだ花に過ぎなかったかを、私たちは身を以て体験し痛感した。西洋近代文化の摂取にとって、明治以後八十年の歳月は決して短かすぎたとは言えない。にもかかわらず、近代文化の伝統を確立し、自由な批判と柔軟な良識に富む文化層として自らを形成することに私たちは失敗して来た。そしてこれは、各層への文化の普及滲透を任務とする出版人の責任でもあった。

一九四五年以来、私たちは再び振出しに戻り、第一歩から踏み出すことを余儀なくされた。これは大きな不幸ではあるが、反面、これまでの混沌・未熟・歪曲の中にあった我が国の文化に秩序と確たる基礎を齎らすためには絶好の機会でもある。角川書店は、このような祖国の文化的危機にあたり、微力をも顧みず再建の礎石たるべき抱負と決意とをもって出発したが、ここに創立以来の念願を果すべく角川文庫を発刊する。これまで刊行されたあらゆる全集叢書文庫類の長所と短所とを検討し、古今東西の不朽の典籍を、良心的編集のもとに、廉価に、そして書架にふさわしい美本として、多くのひとびとに提供しようとする。しかし私たちは徒らに百科全書的な知識のジレッタントを作ることを目的とせず、あくまで祖国の文化に秩序と再建への道を示し、この文庫を角川書店の栄ある事業として、今後永久に継続発展せしめ、学芸と教養との殿堂として大成せんことを期したい。多くの読書子の愛情ある忠言と支持とによって、この希望と抱負とを完遂せしめられんことを願う。

一九四九年五月三日

角川文庫ベストセラー

不道徳教育講座　三島由紀夫

大いにウソをつくべし、弱い者をいじめるべし、痴漢を歓迎すべし等々、世の良識家たちの度肝を抜く不道徳のススメ。西鶴の『本朝二十不孝』に倣い、逆説的レトリックで展開するエッセイ集、現代倫理のパロディ。

美と共同体と東大闘争　三島由紀夫　東大全共闘

学生・社会運動の嵐が吹き荒れる一九六九年五月十三日、超満員の東大教養学部で開催された三島由紀夫と全共闘の討論会。両者が互いの存在理由をめぐって、激しく、真摯に議論を闘わせた貴重なドキュメント。

純白の夜　三島由紀夫

村松恒彦は勤務先の銀行の創立者の娘である13歳年下の妻・郁子と不自由なく暮らしている。恒彦の友人・楠は一目で郁子の美しさに心を奪われ、郁子もまた楠に惹かれていく。二人の恋は思いも寄らぬ方向へ。

夏子の冒険　三島由紀夫

裕福な家で奔放に育った夏子は、自分に群らがる男たちに興味が持てず、神に仕えた方がいい、と函館の修道院入りを決める。ところが函館へ向かう途中、情熱的な瞳の一人の青年と巡り会う。長編ロマンス！

複雑な彼　三島由紀夫

森田冴子は国際線スチュワーデス・宮城譲二の精悍な背中に魅せられた。だが、譲二はスパイだったとか保釈中の身だとかいう物騒な噂がある「複雑な」彼。やがて2人は恋に落ちるが……爽やかな青春恋愛小説。

角川文庫ベストセラー

お嬢さん 三島由紀夫

大手企業重役の娘・藤沢かすみは20歳、健全で幸福な家庭のお嬢さま。休日になると藤沢家を訪れる父の部下たちは花婿候補だ。かすみが興味を抱いた沢井はプレイボーイで……「婚活」の行方は。初文庫化作品。

にっぽん製 三島由紀夫

ファッションデザイナーとしての成功を夢見る春原美子は、洋行の帰途、柔道選手の栗原正から熱烈なアプローチを受ける。が、美子にはパトロンがいた。古い日本と新しい日本のせめぎあいを描く初文庫化。

幸福号出帆 三島由紀夫

虚無的で人間嫌いだが、容姿に恵まれた敏夫は、妹の三津子を溺愛している。「幸福号」と名づけた船を手に入れた敏夫は、密輸で追われる身となった妹と共に、純粋な愛に生きようと逃避行の旅に出る。純愛長編。

愛の疾走 三島由紀夫

半農半漁の村で、漁を営む青年・修一と、湖岸の工場に勤める美代。この二人に恋をさせ、自分の小説のモデルにしようとたくらむ素人作家、大島。策略と駆け引きの果ての恋の行方は。劇中劇も巧みな恋愛長編。

霧笛荘夜話 浅田次郎

とある港町、運河のほとりの古アパート「霧笛荘」。誰もが初めは不幸に追い立てられ、行き場を失ってここにたどり着く。しかし、霧笛荘での暮らしの中で、住人たちはそれぞれに人生の真実に気付き始める——。

角川文庫ベストセラー

晩年　太宰治

自殺を前提に遺書のつもりで名付けた、第一創作集。〝撰ばれてあることの恍惚と不安と二つわれにあり〟というヴェルレエヌのエピグラフで始まる「葉」、少年時代を感受性豊かに描いた「思い出」など15篇。

走れメロス　太宰治

妹の婚礼を終えると、メロスはシラクスめざして走りに走った。約束の日没までに暴虐の王の下に戻らねば、身代わりの親友が殺される。メロスよ走れ！　命を賭けた友情の美を描く表題作など10篇を収録。

斜陽　太宰治

没落貴族のかず子は、華麗に滅ぶべく道ならぬ恋に溺れていく。最後の貴婦人である母と、麻薬に溺れ破滅する弟・直治、無頼な生活を送る小説家・上原。戦後の混乱の中を生きる4人の滅びの美を描く。

人間失格　太宰治

無頼の生活に明け暮れた太宰自身の苦悩を描く内的自叙伝であり、太宰文学の代表作である「人間失格」と、家族の幸福を願いながら、自らの手で崩壊させる苦悩を描き、命日の由来にもなった「桜桃」を収録。

ヴィヨンの妻　太宰治

死の前日までに13回分で中絶した未完の絶筆である表題作をはじめ、結核療養所で過ごす20歳の青年の手紙に自己を仮託した「パンドラの匣」、「眉山」など著者が最後に光芒を放った五篇を収録。